愛情·仇恨·政治

漢姆雷特專論及其他

朱立民著

三民叢刊 59
三民書局印行

序

胡耀恒

朱立民先生的大作《愛情・仇恨・政治》即將出版，囑我作序。朱先生望重士林，桃李滿門，作為他二十多年的「幼」友，我試寫多次，最後「逼稿成篇」，藉此機會談談莎學在西方發展的梗概以及中國人在這方面所受到的限制，最後歸結到朱先生在本書中所使用的方法和態度，此大有益於讀者，也值得年輕的學者們參考借鏡。

二百多年以來，莎學一直是西方持續不衰的顯學。其中研究的範疇，大要有以下三類，即版本的校勘及注疏、演出的歷史與劇場的狀況，以及評論著述。國人因為受到先天及環境的限制，汲汲於從事前兩者的，為數不多，能夠有所成就者更絕無僅有。不直接從事這類研究並非不能論述，關鍵在要了解別人研究的成績，並且能妥當運用。朱先生從事莎士比亞教學將近二十年，當然了解歷代重要的研究成果。他書中的論文注釋，更充分顯示出他對於最新的批評潮流和發現，也不斷在參考專業雜誌，與時俱進。

韓愈說：「師者傳道、授業、解惑也。」移轉到莎士比亞的教學上，傳道的基本似在找出最可信賴的版本，而授業的起點應在闡明劇中字句的意義。以版本而言，朱先生所使用的，均經過慎重的選擇，尤其是漢姆雷特一劇他使用的是一九八二年由堅肯斯所校訂箋疏的新亞登版。根據一九八六年出版的《劍橋莎士比亞研究手冊》，此版本將是「二十世紀最後二十五年中的最佳詮釋」。這種詮釋的運用，我們下面再舉例說明。

至於解惑則一向是莎學論述的主要功能。前期的新古典主義對莎士比亞的批評如此、中期的浪漫主義的批評如此、晚近二十世紀的批評亦如此。我們甚至可以說，所有莎士比亞的批評，都是在利用多種學科的知識，像心理學、人類學、語意學、語音學乃至符號學等等，來探討莎氏劇本的意涵。集浪漫主義批評之大成的布萊德雷（A. C. Bradley）曾經聲稱，他講述的目的可以稱之為「戲劇欣賞」（dramatic appreciation），希望藉以增進我們的了悟，使我們在閱讀欣賞之際，得到更大的歡愉。

布萊德雷的評論，主要是從人物分析入手，朱先生也是如此，譬如說，在〈重訪維洛那〉中，朱先生寫道：「我只想再度回顧劇中若干關鍵人物或代表性人物的性向和脾氣，藉以表明此劇中命運的力量和不幸的巧合等因素固然不可忽視，人物的性格卻也不可一筆抹殺。」（頁一四七～一四八）不同的是，布萊德雷對劇中英雄人物推崇備至，朱先生則抱著瑕不掩瑜、瑜不掩瑕的態度，實話實說，平易近人。

讓我們略舉數例說明。朱先生認為：漢姆雷特對國王和「對長者輕蔑的言詞和舉動都代表了王子性格中無情無義的一面」（頁三三）。幾頁之後，他又寫道：「以上的討論，顯示漢姆雷特做人大有問題」（頁三八）。接著他批評漢姆雷特逼奧菲麗亞進修道院的言詞過份惡劣，不禁寫道：「令我們甚為氣憤，深感王子未免太缺乏風度」（頁四六）。我們都知道，漢姆雷特在臨死之際，對國事和身後之名都作了安排。朱先生於是寫道：「他也許活得不太漂亮，但死得有交待」（頁五〇）。再舉一個例子，朱先生首先利用別人的考證，說明 baggage 意味著「不要臉的賤貨」。於是當朱麗葉的父親罵她是 baggage，朱先生寫道：「很難想像一個體面的世家的主人……直呼其親生女兒為『不要臉的賤貨』」（頁一五九）。

當然，布萊德雷「戲劇欣賞」的目的，最後在使「我們想像中劇中人物的形象，和原創者想像中人物的形象，能夠減少一點點差距」。同時他還運用黑格爾的哲學，說明莎士比亞悲劇的本質在浩嘆宇宙間精英的徒然浪費。朱先生則不然，他毫無企圖建立任何偉大的體系或闡明任何超越性的經驗；相反的，他始終站在常人的層面。上面引文中的那些字眼，像「體面」、「情義」、「做人」、「風度」、「活得漂亮」、「死得有交待」，以及別處使用的「失去民心」等等，英文批評文學中都曾經再三使用，不過它們絕對不像上面這些字眼那麼親切，那麼容易獲得中國人的認同。

值得特別一提的是，朱先生在書中討論了三部從莎劇改編的電影。在臺灣很難看到英國劇團的公演，一般單從劇本，很難想像莎士比亞劇中人物的造型，以及臺詞中所含藏的身體動作及面部表情。如果借助於影片，大可彌補這方面的不足，提高初學者學習的興趣。從這些小地方，我們也能體會到一位盡責的老師，如何在引導他的學生進入最高的藝術殿堂。

最後，我不揣簡陋，願以一段譯文表示我對朱先生出版此書的祝賀，並藉此就教於高賢。

在所有漢姆雷特的臺詞中，甚至所有英文著述，恐怕沒有一段比 to be or not to be 更流傳遐邇。可是惟有透過堅肯斯的箋注，這一段的文字思路才可能有合情合理的解釋。朱先生對這段既有的中譯都不滿意，我現在按照新解試譯如下：

To be, or not to be, that is the question:
Whether'tis nobler in the mind to suffer
The slings and arrows of outrageous fortune,
Or to take arms against a sea of troubles

And by opposing and them. To die.....to sleep,
No more.

問題是，是瓦全呢，或是玉碎。
那樣比較高貴呢？是在心中，
忍受狂暴命運的羽箭飛石，
還是拿起武器面對浩瀚的災難，
反抗它們，一了百了。死去，睡去，
沒有不同。

這段的關鍵在「反抗它們，一了百了」。根據堅肯斯的旁徵博引，在當時既有的英國文學作品中，凡是與浩瀚大海抗爭的人，最後都不得善終。反抗縱然不失為高貴的反應，但最後都得犧牲生命，一了百了；與之相對的，則是默默承受狂暴命運的打擊，忍辱負重，苟且偷生。這種在歹生與好死之間的抉擇，才是漢姆雷特所面臨的問題。如果像一般的解釋，反抗能夠獲得勝利，解決一切問題，那漢姆雷特又何必如此錐心泣血，躑躅徬徨？有了這種了解，to be 似可譯為瓦全，not to be 則比照可譯為玉碎，而緊接著的文字則是針對這個命題的中論，固然跌蕩多緻，文字燦爛，但理路絲毫不紊。

愛情・仇恨・政治
——漢姆雷特專論及其他

胡耀恒

漢姆雷特專論

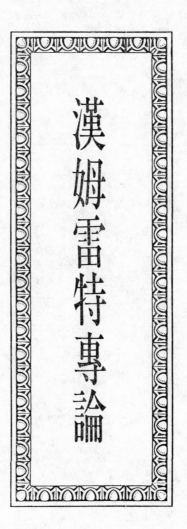

鬼魂和王子復仇問題

漢姆雷特父王的鬼魂在第一幕第五場與王子單獨會面時，只提了弟弟克勞狄士乘他午睡時，將毒液灌入耳中，謀害了他，使他在生前根本沒有機會以宗教禮儀告別此生，因此他說這種取人性命的手段「最違反人道，最離奇，最傷天害理」，要兒子爲他報仇。

有些學者和批評家認爲鬼魂的這一番話只是要王子爲他父王去報私仇；既然是報私仇，其鬼魂儘可直接去找王子；殺人案本身和劇情以後的發展，與值夜守衛的官兵及霍瑞修等人無關，因此鬼魂似乎沒有必要在他們眼前現形，更沒有必要在和王子會面之前，先在其他人之前出現。

批評家承認，鬼魂多次出現有助於戲劇效果的加強。但加強了戲劇效果只表示莎士比亞技巧高明，與題旨則無關聯。我認爲鬼魂多次出現和先出現於王子以外的人們之前，具有重大作用。我的根據當然是有關的對白內容和字句。

譬如說，第一幕第一場漢姆雷特父王鬼魂出現之前（在此之前，根據官兵報告，鬼魂已出現過兩次），霍瑞修向值夜的兩位官兵追述挪威前王敗在漢姆雷特父王手中，割讓了土地，而今挪威王子孚廷勃拉斯卽將帶兵入侵丹麥，意欲強行奪還依約割讓之地。這就是說，他們談的是國家大事，此事不但與陰謀奪位的克勞狄士有關，更是因前王漢姆雷特而起。莎士比亞安排鬼魂在這個節骨眼上出現於象徵軍隊的兩位官兵眼前，應可說是有其道理。

霍瑞修不但談到當前的危機，而且舉出歷史前例，說到從前羅馬帝國凱撒被刺之前不久，天地之間發生種種離奇和恐怖的現象，而如今在丹麥，前王鬼魂突然一再出現，也正像世界末日來臨的前奏。他這番話，又得到漢姆雷特王子在第一幕第二場結束時的呼應——此時王子只是聽到霍瑞修和兩位官兵向他訴說他父王鬼魂現形，自己尙未見到鬼魂。王子在聽報告時，特別注意詢問鬼魂的表情、動作、服裝。在約好次日夜晚城堡上會面後，剩他一人在場時，王子自言自語：「我父親的鬼魂全副武裝！大事不好。」「大事不好」原文是 All is not well. 所謂 All 就是說「禍不單行」，不僅是一個人死掉了這麼單純的一件事實。

第一幕第五場，王子見過鬼魂之後，一再的囑咐霍瑞修和兩位官兵不得向任何人提鬼魂現形之事，並且要他們手按著劍發誓不向他人提此事。最後，王子又說：「這時代脫了臼。」The time is out of joint. 這是王子在見過父王的鬼魂之後，知道自己負有復仇的任務之後的感觸，語氣之中顯然表示「大事不好」的「大事」並非單純的私仇，要解決的問題相當於牽一髮（漢姆雷特父王）而動全局（丹麥整個國家）的危機。

以上三點或可說明為甚麼莎士比亞要安排漢姆雷特父王的鬼魂也出現在王子之外的若干人眼前。這種安排不僅是擬造戲劇氣氛效果，更是暗示復仇一事及其影響實不限於被害者的兒子一人而已。

除了上面所談鬼魂出現於若干人之前的種種考慮以外，雷兒狄斯（Laertes）、羅森綱（Rosencrantz）、吉爾敦士頓（Guildenstern）的一些話也說明了在當年，國王在人們心裏是多麼重要，好像國王就是國家一樣，國王有了問題，或國王遇到了危難，就等於國家的前途危機重重。

第一幕第三場雷兒狄斯向妹妹奧菲麗亞道別時，慎重的告誡她，不可將漢姆雷特王子對她表示的情意當眞，因爲漢姆雷特身爲王子，婚姻一事不可能完全爲私人感情所決定（以下各處引用梁實秋譯文）：

For he himself is subject to his birth:
He may not, as unvalu'd persons do,
Carve for himself, for on his choice depends
The sanity and health of this whole state;
And therefore must his choice be circumscrib'd
Unto the voice and yielding of that body
Whereof he is the head. (1, 3, 18-24)

他的意志不能完全自主；因爲他自己不能
擺脫他的身分；他不像平民似的自由選擇，
因爲他的選擇關係全國的安危，所以他的
選擇便不能不受他所統治的臣民輿論的
限制。

以王子的身分，其所做所爲，爲國家命脈所寄，不能完全以個人的意願行事。

第三幕第二場，漢姆雷特王子利用戲中戲測驗克勞狄士的反應，終於得到了他叔父謀害他父王「疑案」的強有力的佐證。而克勞狄士當然也洞悉了他的弒君之罪的秘密已被王子識破，於是在同一幕第三場中，交代羅森綱和吉爾敦士頓執行原來就預定的處理辦法，即將漢姆雷特王子押赴英國。在這場戲中，吉某說，萬人的生活和安全要依賴國王。接著，羅某不但說了一些意思相同的話，而且將國王的生死和一舉一動對全國的影響再予以強調：

The cess of majesty
Dies not alone, but like a gulf doth draw
What's near it with it. Or it is a massy wheel
Fix'd on the summit of the highest mount,
To whose huge spokes ten thousand lesser things
Are mortis'd and adjoin'd, which when it falls,
Each small annexment, petty consequence,

Attends the boist'rous ruin. Never alone,
Did the King sigh, but with a general groan. (3, 3, 15–23)

身爲至尊決不能一死了事，他像漩渦一般，
要把附近的一切都捲進去；又像高山絕頂上的
巨輪，大輻上附帶著成千成萬的小東西，
一旦顛覆下來，細小的附屬的東西也要
同歸於盡。從來國王獨自嘆氣沒有不
引起萬眾呻吟的。

扼要的說，爲王者是國家的基石，國王一死，整個社稷爲之動搖。

雷兒狄斯對奧菲麗亞談話所指固然是漢姆雷特王子，羅某和吉某所說的話雖然是奉承目前的當權者克勞狄士，但是他們這一番話的主題正是莎士比亞在每一部涉及王權承繼及體制的戲劇裏所強調的法統問題。如瑞查二世被迫遜位，強繼王位的亨利四世又暗示手下將囚於獄中的遜王殺害，種下了以後自己的部下叛亂的禍患。又如凱撒遇刺身死，內戰隨之發生。不過這當然不是說莎士比亞是不折不扣的保守的法統論者，但這個複雜問題無法在此討論。

在《漢姆雷特》一劇中，雷兒狄斯和羅某及吉某兩人所說的「爲王者」的身分及危亡會引起的問題，都強烈暗示了漢姆雷特父王之死所引起的不安和其他後遺症，也就是更清楚的點出了前面已提到的兩位官兵、霍瑞修、王子等見到了鬼魂以後的感想：認爲鬼魂以漢姆雷特父王的模樣，在這個時候以全副武裝的姿態出現，絕非單純的爲了要王子爲父王報私仇。他的死已影響到了丹麥整個國家的前途，造成了一個嚴重的政治和安全問題。

3

許多學者認爲漢姆雷特王子好深思，不能當機立斷去採取行動；他的「遲疑」令人不解。王子在若干獨白中，也一再責備自己，甚至於想到自殺，以求解脫。因此，這些學者振振有詞，認爲王子的性格，特別是一再拖延復仇這檔子事，構成一個不可解的謎。

其實在劇情發展的過程中，王子處處表現了他果決的能耐和高度的勇氣。他一聽到有像他父王模樣的鬼魂出現，就毫不遲疑的決定親自會一會它。鬼招手示意要往他處與王子單獨會面，漢姆雷特明知可能有危險，仍堅決的隨鬼而去。他要兩位官兵和霍瑞修發誓保守鬼魂現形的秘密，加上自己可能要裝瘋的準備，也構成了一項採取積極行動的前奏。

爲了要進一步確定叔父克勞狄士的罪嫌，王子刻意安排戲中戲——這是復仇的準備行動。王子和霍瑞修從克勞狄士對戲中戲的反應中，確知鬼魂的話信得過之後，王子就決定一有機會就動手：

> 'Tis now the very witching night of night,
> When churchyards yawn and hell itself breathes out
> Contagion to this world. Now could I drink hot blood,
> And do such bitter business as the day
> Would quack to look on. (3, 2, 379–383)

> 現在正是鬼怪橫行的午夜，墳墓張開大口，
> 地獄向這世界噴著毒氛的時候；現在我可能
> 喝熱血，做那不敢見天日的慘行了。

稍後，在他去見母后途中，發現克勞狄士獨自一人在他室內跪地祈禱，這時從他背後一劍刺殺，易如反掌。可是王子想到，將正在祈禱的人，正在向上帝懺悔的人，一劍刺死，這不是

報仇，這是送他登上天堂！王子必須放棄目前這個「復仇」的「大好機會」，等將來以叔父對待父王的手段對待仇人，乘他縱慾或酒醉，或任何不含上天拯救其靈魂的節骨眼上，把他了斷。因此，漢姆雷特在第三幕第三場末了的「遲疑」，只是理智促使他不可逞一時之快而誤了必須徹底辦妥的大任務。他此時此地的「遲疑」實有其特別積極的考慮。

第三幕第四場，在母后的房間裏和她說話，王子的態度和語氣都非常唐突，躲在布幔後面偷聽的老臣波洛尼斯，聽到皇后呼救，他也跟著呼救，漢姆雷特想當然的認爲那必然是叔父，就毫不遲疑的一劍刺將進去。這是一個適當的復仇時機，這是行動。雖然殺錯了人，但這正可證明漢姆雷特能夠當機立斷的採取行動。

劇情發展下去，漢姆雷特在赴英途中把處決他的密令改變內容，和海盜打交道，回丹麥後跳進奧菲麗亞的墓穴中和雷兒狄斯扭打，明知可能有危險而仍舊接受與雷兒狄斯比劍，最後刺死克勞狄士——處處表現漢姆雷特王子，雖然好深思，確實是一位行動人物。

《漢姆雷特》這部戲在布局上，其原始推動力是鬼魂，但是鬼魂的「身分」和性質本身就是一個問題，而這個問題與王子復仇的行動有著密切的關係。

第一幕第一場，霍瑞修深夜在城堡上隨著守衛馬某及柏某等候，看鬼魂會不會再現形，馬某稱其爲「這東西」，「這可怕的景象」，「這幽靈」(this thing, this dreaded sight, this apparition)，但不能確定「是甚麼」。柏某追述前一晚的情形尚未說完，鬼魂出現，不久又離去。柏某、馬某和霍瑞修三人分別說：

In the same figure like the King that's dead.
Looks a not like the King?
Most like.
What art thou . . . ?
Is not this something more than fantasy?
Is it not like the King? (1, 1, 44, 46, 47, 49, 57, 61)

那樣子，和死去的國王一般。
他不是很像國王麼？
像極啦。
你是甚麼……？

這可不僅是幻想了罷？
是不是像國王？

這裏所用的「像」（like，用了四次），「是甚麼」（what），和「不僅是幻想」（something more than fantasy）等語，表示他們只是發現這鬼魂的形狀「像」已經駕崩的老漢姆雷特，可是他們無從確定其眞正的身分或性質。第一幕第二場，霍瑞修向王子報告見到鬼魂，也用了「像你父親」、「幽靈」等語。

第一幕第四場，也就是次夜，漢姆雷特由霍瑞修等人陪同在城堡上等候。鬼魂果然又再出現，一九四八年勞倫斯·奧立弗（Laurence Olivier）自導自演的電影中這一場面，王子驚嚇得跌倒在地，然後舉手作衛護自己的樣子，以緊張、戰慄的聲音先向天使們呼救，然後對鬼魂說：

Angels and ministers of grace defend us.
Be thou a spirit of health or goblin damn'd,
Bring with thee airs from heaven or blasts from hell,

Be thy intents wicked or charitable,
Thou comest in such a questionable shape
That I will speak to thee. (1, 4, 39-44)

仁慈的天使保護我們！
不管你是遇救的陰魂還是被懲的魔鬼，
不管你帶著天堂的氣息還是地獄的陰風，
不管你的來意是善是惡，
你來得形跡可疑，我要對你說話。

出現在他面前的是神靈，還是打入地獄的惡鬼？帶來的是天堂的氣息，還是地獄的陰風？來意是善，是惡？總而言之，形跡可疑。

在奧立弗演出時，他獨自跟著鬼魂離開現場，以雙手緊握劍身，高舉劍柄，形成十字架的象徵，顯然是以正防邪的姿態，前去迎接一個未知的命運的挑戰。

接著（第一幕第五場），人鬼相對，鬼的一番話使王子在當時不由得不信，所以鬼離去後，王子在獨白中痛下決心，要把一切事情統統忘記，只記得復仇這一樁事。

此後，漢姆雷特暗中伺機行動，可是到底這鬼魂底細是怎樣，顯然仍在困擾他。所以劇團的來臨使他很快的得到靈感，可以演鬼魂所說的父王受害經過的戲來測驗叔父的反應，以爲「疑案」求證。王子對於模樣像父王的鬼魂的身分、性質、用意，仍然存疑，在獨白中，他說（下列各行作者試譯）：

The spirit that I have seen
May be a devil, and the devil hath power
T'assume a pleasing shape, yea, and perhaps,
Out of my weakness and my melancholy,
As he is very potent with such spirits,
Abuses me to damn me. (2, 2, 594-599)

我見到的幽靈
也許是魔鬼，而魔鬼原就有能耐
變成討人喜愛的模樣。是的，或許他利用
我的弱點和我的憂鬱

（他最會作弄像我這種人）
糟蹋我、把我打入地獄。

結果戲中戲使弒君奪位的克勞狄士又驚又怒，不待終場就走，替漢姆雷特王子確定了「鬼話不假」，那個幽靈確是父王的鬼魂，不是魔鬼假冒來陷害王子，是爲了自己和國家需要而來「通風報信」的。

鬼魂的身分和善惡性質在未確定以前，王子只能等待機會查證，計畫行動，復仇的一擊關係重大，不能貿然從事；王子顯然陷於深度困擾，常在獨白中自責，所以這種情況易於在讀者和觀眾的心裏造成他故意拖延的印象。

強有力的佐證到手以後，爲了徹底達成復仇的目的，就是不僅要置叔父於死地，而且要把他打入地獄，漢姆雷特仍需等待適當的機會，不能隨時動手。不幸，克勞狄士先下手，硬把他遣往國外。這裏可以順便一提的是，莎士比亞在這一場製造一個高潮以後，劇情發展忽然又慢下來，大吊觀眾和讀者的胃口，此等布局實在高，而且安排得合情合理。

《中外文學》六十九年三月號刊出三篇文章都提到《漢姆雷特》第三幕第四場在母后房間出現的鬼魂。第一篇說，「這一次是只有漢姆雷特一個人看到，母后是一點兒也看不見；不像上次看見的鬼是霍瑞西奧和士兵都一起看見的。作者認爲這次的鬼並不是客觀存在的，那只是從他內心喚起的幻象，正像馬克白在國宴上只有他一個人看到班軻的鬼一樣，是主觀的，潛意識形成的幻象，最顯明的證據是鬼說的話並沒有任何新資料，只是重複上次的信息而已」(頁一〇六)。第二篇說，這一場的鬼「只對漢姆雷特有效，是漢姆雷特心中的『鬼』……是漢姆雷特心中的幻象」(頁一一三)，在這一點上與第一篇所見相同。第三篇對於這個論點似乎是說可加研討，但因爲篇旨不在此而未進一步表示意見。

漢姆雷特到母后房間去之前(原文第三幕第二場最後數行)，自己告誡自己對母后責備時，說的話可以像刀子一般的凶狠、殘酷，但不可忘記了他們之間的母子關係，就是說，激動時也必須忍著不動手。(作者試譯)

Let me be cruel, not unnatural.
I will speak daggers to her, but use none. (3, 2, 386-387)

我的態度可以殘酷，

我的話可以狠如刀割，
可是我絶不能傷天害理去傷她的身體。

只不過在這幾句獨白之前的一百四十行左右，戲中戲惡人將毒液灌入受害者耳中後，王子向奧菲麗亞預告劇情，說謀害者卽將得到受害人的妻子之愛。換句話說，王子自鬼魂將這狠毒的謀殺案繪聲繪影的說給他聽後，這是謀殺經過在他眼前第二度「演出」（事實上，我們有理由想像，在這之前，此案在王子的心中不知道已「演出」了多少次了），他的心情激動可想而知。雖然他已確定母后對父王死亡實情並不曉得，並未參預，但事後竟嫁給克勞狄士，而且可以說亡夫屍骨未寒就匆匆另嫁，一直是令爲兒者痛心，爲母后感到羞恥的醜事。因此也就難怪他一進母后房間（第三幕第四場），先是冷嘲熱諷，繼而聲色俱厲命她坐下不准動，說是要她照照鏡子看看她心內最底層。王子的態度、語氣、要求，在在使母后害怕，以爲王子想加害予她，因而大聲呼救，致使在布幔後的波洛尼斯也大呼小叫的，遭王子在不知情下一劍斃命。

當他剛發現殺錯了人，王子並沒有悔不該如此鹵莽的表示，仍再命母后坐下。母后在慌張驚恐之餘，兩手不停的絞扭，王子卻一方面要她不要絞扭雙手，一方面說他要絞她的心！

從原文四〇到一〇一行，爲兒的竟不給媽媽多少說話的機會，一直在痛斥她瞎了眼睛，不要臉。(在這場合，若有一位滿腹經綸的老夫子在，不知他是跟著那年輕人罵他娘無恥，還是吹鬍子瞪眼罵他不孝?!)就在王子還要接下去再罵的時候，鬼魂出現了。

我們只要記得第一幕第五場鬼魂第一次現形於王子之前叮囑他的一番話，就明白莎士比亞非安排鬼魂在第三幕第四場王子罵母后愈來愈上勁的時候非現形不可的道理。鬼魂要王子爲父王復仇的同時，特別說明不管他用甚麼方式去復仇，切不可動他的母后，要讓上天去料理她，讓她自己的良心去責罰她：

But howsomever thou pursuest this act,
Taint not thy mind nor let thy soul contrive
Against thy mother aught. Leave her to heaven
And to those thorns that in her bosom lodge
To prick and sting her. (1, 5, 84–88)

不管你怎樣進行這事，不可壞了你的心術，
也不可存心侵犯你的母親；她自有天譴，

自有良心上的榛棘去刺她螫她。

（右譯「侵犯」改爲「冒犯」似較妥）

漢姆雷特愈駡愈衝動，完全忘記了鬼魂特別囑咐他的話。這樣子不停的駡下去，也不理睬母后的哭泣哀求，實在也是過分。漢姆雷特自己收不住，母后擋不住，除了有話在先的鬼魂來剎車，還有甚麼法子？在這個節骨眼上，只有鬼魂現形，才能制止漢姆雷特的怒火，使他冷靜下來，消除不測之禍再發生。王子幾分鐘前已經誤殺了一位老臣，不可再由他惹事。鬼魂第二次現身於漢姆雷特之前，雖然沒有帶來「任何新資料」或「信息」，但根據以上的情形，它此時出現，不但必要，而且必然。

再說，漢姆雷特自己原也深知父王在世之時，多麼的愛惜母后——她的臉被多吹了點風，父王都不捨得（原文第一幕第二場一四〇至一四二行）。當他痛駡母后時，自己激動不已，不要說當時想不起鬼魂對他的交代，就是自己知道父王對母后的那一份憐惜，也都全忘了。在他這幾近瘋狂的一刻，內心裏會猛然出現鬼的幻象，其可信性實在很小。鬼出現時，漢姆雷特還在凶，鬼走了以後，他的語氣和說詞確實稍爲緩和了一些，但因爲有了這樣一點的改變就說「漢姆雷特於嚴厲斥責母親之後的內心負疚感，以父王的鬼的幻象的形式出現」

（見《中外文學》六十九年三月號，頁一一五），就是說，此「鬼」非那鬼，此「鬼」乃是王子心中的「鬼」，這可以說是現代的心理分析和解說，但不像是劇情發展到當時那一刻的演出條件。

同時，「那一刻」的情況還應該同時考慮三篇文章都指出的一項「事實」：王子看見鬼，並和鬼對話，但母后沒看見，聽見的只是王子的「胡言亂語」。黃美序先生指出，「西洋的鬼和中國的鬼一樣，都具有一些神通，例如來去如風，他的形態和聲音可以只讓某些人看到或聽到，在旁邊的人卻不見不聞」（《中外文學》六十九年三月號，頁一一七）。

為甚麼漢姆雷特父王的鬼魂第二度出現於王子之前，不也讓皇后見到？

有必要麼？可以讓她看見麼？

我的答覆是，既無此必要，更不可以讓她自己發現前夫的幽靈來了。

劇情的結構是她對丈夫被小叔毒死一事完全不知情，而鬼魂第二度來見王子是為了她所不知情的事如何了斷而來，既然事情與她並無直接關係，並且需要保密，莎士比亞不必安排鬼和皇后相見。

更重要的是，莎士比亞固然讓漢姆雷特王子緊張兮兮的問母后怎麼甚麼都沒看到，然後對她說，父王駕到，又走了；但莎士比亞卻不可以安排讓她親眼看到前夫幽靈來到的現象。

皇后的臉被多吹了點風，老漢姆雷特都覺得難受；他要兒子殺掉克勞狄士，但告誡兒子不可對母后怎麼樣。如今他看到兒子正在折磨他那麼憐惜的皇后，皇后已經被整得够慘了，他自己如何捨得再嚇她一跳？如何忍心再以自己那副嚇人的鬼樣子使她受驚？我想這既是常情，也是劇情。

莎士比亞既然如此布局和表現人物的性格和感情，那麼第三幕第四場的鬼魂應和第一幕的鬼魂同樣是眞的鬼，是同一個鬼，不是王子心中的幻象。

6

六十九年三月號《中外文學》討論《漢姆雷特》的三篇文章既然都說劇中的鬼有眞假之分，那就顯然都認爲鬼是確有其事的。

不管現代人信不信，莎士比亞時代的觀眾想必大多數相信鬼是「客觀存在的」，鬼在舞臺上出現，對他們的震撼是眞實的。

所以儘管我對第二度現形於漢姆雷特王子之前的鬼，與那幾篇作者的看法不同，我們仍都是以相關的歷史背景去探討莎劇的。因此，近日有些導演想以「根本不信有鬼的現代精神」去處理《漢姆雷特》一劇的演出，至少並不在我的論點範圍以內。

（本文初稿名爲〈漢姆雷特一劇中的鬼和王子復仇問題〉，發表於《中外文學》六十九年七月號）

附記：

莎翁時代和近代對於鬼的「客觀存在」相信的程度，可參考：

Madeleine Doren, "That Undiscovered Country: A Problem concerning the Use of the Supernatural in *Hamlet and Macbeth,*" *Philological Quarterly,* XX, III（July, 1941）, 413-427.

其中第四和第六個腳注提到一九一七年有一位學者認爲莎士比亞本人在《漢姆雷特》劇中所表現的手法，在這位學者的分析之下，已經就暗示了第一幕和第三幕的鬼話都不是鬼的話，根本就是王子本人的幻覺產生的〔W. W. Greg, "Hamlet's Hallucinations," *Modern Language Review,* XII（Oct., 1917）, 393-421.〕。最後應該在此聲明的是，本文第五節之中一部分看法，得益於後列一書的啟示：Bernard Grebanier, *The Heart of Hamlet*（1960）。

幽靈・王子・八條命

《漢姆雷特》一劇中的幽靈和丹麥王子偶爾會令人想起小說《紅字》中的醫生齊冷悟。

霍桑名著《紅字》女主角海絲特的丈夫齊冷悟到獄中（見第四章）告訴心中充滿了疑惑的海絲特，不必懷疑他對她用藥的目的，也不必懷疑他會去陷害她的愛人丁式德，因爲齊冷悟心中巴不得他們兩人活著受罪，讓良心和羞恥折磨他們一輩子，這樣才能宣洩他內心的嫉恨。海絲特聽了齊冷悟這番話，驚恐的說：「你這樣做像是慈悲爲懷，可是你的意思太可怕了！」

在《漢姆雷特》劇中，幽靈命令王子報父王被害之仇（見第一幕第五場），但是不管用甚麼法子去除掉凶手克勞狄士叔父，不可對母后葛楚德有所懷疑或存心傷害，留她活著，讓上天罰她，讓她的良心去折磨她。後來（第三幕第三場），王子見到叔父獨自在他室內跪地祈禱，本可從背後一劍刺殺就報了殺父之仇，可是王子突然想到將正在祈禱的人刺死不但不算是報仇，反而是送他上天堂！因此當時推劍回鞘，要等日後以叔父害死父王的手段去對待仇人，也就是說，趁叔父正在任何不含上天能拯救其靈魂的節骨眼上，再把他了斷。

幽靈告誡漢姆雷特王子的話（饒母后一命）和王子暫時不殺叔父，這兩件事表面上與齊冷悟的做法，就像海絲特所說，似是慈悲為懷，不過進一步來看，幽靈對葛楚德和王子對叔父的計謀在骨子裏卻一如齊冷悟的用意那麼陰毒。前者是精神虐待的極致，後者是不僅要置克勞狄士的身體於死地，而且決意把他的靈魂打入地獄[1]！

從第一幕第一場霍瑞修對守衛的談話中，我們得知漢姆雷特父王是一個英武的鬥士。從同幕第二場王子的獨白中，我們得知在兒子眼中，父王是一位優秀的君王，把他比做太陽神和超人，但是一再強調的卻是他的英姿和對葛楚德的愛憐，對他的品德並未多言。第五場和王子對話的幽靈自稱是漢姆雷特父王的鬼魂，說他每天白日須受獄火的煎熬，夜夜須像遊魂似的度過，其間可怕的景象卻不得向外人訴說，表示了可憐的無奈。說到漢姆雷特父王被害的慘痛經過，稱之為「最邪惡、最離奇、最傷天害理的謀殺」（王子擬以牙還牙的狠毒已如上述），而他最憤激的話集中在嫉妒克勞狄士把葛楚德騙到手。最使他感到憤憤不平的是他自以為一切條件都比弟弟的強而太太卻偏偏投入他弟弟的懷抱。於是鬼魂用話刺激王子：「你若是有骨肉之情，不可隱忍；不可叫丹麥王的寢宮變成淫烝穢亂的臥榻」（梁譯）。這眞是醋溢滿地！

鬼魂用字遣詞顯然指出葛楚德和小叔子在漢姆雷特父王生前就已經是一對奸夫淫婦了。幽靈既然自稱是老王的鬼魂，老王本人自然知道他們有染，爲甚麼當時他隱忍著戴綠帽子的羞恥而在死後變了鬼才把這難爲情的醜事交給兒子去處理？這是老王很離奇的安排，莎士比亞如此布局必然有其道理，莫非是藉此暗示老王愛面子的性格——疼愛葛楚德，明知就裏不敢發作，以免公開後反而更丟臉？如果莎士比亞並沒有這個意思，那麼不禁會令人對這幽靈是否眞的是老王的鬼魂產生了懷疑。

對於這個鬼的來歷、性質、目的等等問題，漢姆雷特王子確曾傷了一陣子腦筋。首先是霍瑞修（見第一幕第一場）想問清楚：

> 不要走，鬼魂！要是你能出聲，會開口，對我說話吧，要是我有可以爲你效勞之處，使你的靈魂得到安息，那麼對我說話吧；要是你預知祖國的命運，靠著你的指示，也許可以及時避免未來的災禍，那麼對我說話吧；或者你在生前曾經把你搜括得來的財寶埋藏在地下，我聽人家說，鬼魂往往在他們藏金的地方徘徊不散，要是有這樣的事，你也對我說吧；不要走，說呀！（朱譯）

但是鬼影並未理會霍瑞修的要求就消失了。霍瑞修和守衛把見到鬼影一節報告王子時，只說它的穿著、模樣、走路的姿態像極了漢姆雷特的父王，但並未肯定它就是老王的鬼魂。後來王子親眼見到鬼魂出現時（第一幕第四場），也只是稱它爲「父親」和「丹麥先王」，並未認定；更重要的是王子也在追問它此來到底是爲了甚麼：

天使保佑我們！不管你是一個善良的靈魂或是萬惡的妖魔，不管你帶來了天上的和風或是地獄中的罡風，不管你的來意好壞，因爲你的形狀是這樣引起我的懷疑，我要對你說話；我要叫你漢姆雷特，君王，父親！尊嚴的丹麥先王，啊，回答我！不要讓我在無知的蒙昧裏抱恨終天；告訴我爲甚麼你長眠的骸骨不安窀穸，爲甚麼安葬你遺體的墳墓張開它沈重的大理石的兩顎，把你重新吐放出來，你這已死的屍體這樣全身甲冑，出現在月光之下，使黑暗變得這樣陰森，使我們這些爲造化所玩弄的愚人由於不可思議的恐怖而心驚膽顫，究竟是甚麼意思呢？說，這是爲了甚麼？你要我們怎樣？（朱譯）

鬼不答腔，但招手示意漢姆雷特王子跟他走，霍瑞修警告說：

> 殿下，要是他把你誘到潮水裏去，或者把你引到下臨大海的峻峭的懸崖之巔，在那裏它現出了猙獰的面貌，嚇得你喪失理智，變成瘋狂，那可怎麼好呢？你想，無論甚麼人一到了那樣的地方，望著下面千仞的峭壁，聽見海水奔騰的怒吼，卽使沒有別的原因（朱譯），也會要使得人起輕生的念頭（梁譯）。

王子和霍瑞修在這些話裏不但對鬼魂的身分和目的都表示懷疑，而且傾向於懷疑它來意不善。但王子親眼見到父王的幻影之際情緒激動，在這個時刻對王子來說，最重要、最迫切的事是探知眞相以解除心中莫大的疑惑，所以奮不顧身，逕自離開朋友跟隨它而去[2]。

漢姆雷特父王生前所受的侮辱、被害的隱情、死後所遭到的折磨，在鬼魂的陰沈、戰慄、氣結的音調中繪聲繪影，演出了使王子恐怖莫名的一幕，其情其景不由得王子不信確有其事，而鬼魂的身分和來意在當時也隨之確定。鬼魂消失以後，王子在獨白中發誓忘掉一切，只記得鬼要他爲父王報仇這一件事。

過了約兩個月光景，漢姆雷特王子尚未採取行動，而在這兩個月裏不知甚麼時候開始？

他又對那鬼魂的身分起了疑心。有一天羅森綱和吉爾敦士頓兩位同學在克勞狄士國王指使之下來訪問王子，並召來了一個旅行劇團來丹京表演，王子忽然想起：

我聽人家說，犯罪的人在看戲的時候，因為臺上表演的巧妙，有時會激動天良，當場供認他們的罪惡；因為暗殺的事情無論幹得怎麼秘密，總會藉著神奇的喉舌洩露出來。（朱譯）

於是王子得到一個靈感：

我要叫這班人在我的叔父面前表演一本跟我的父親的慘死情節相仿的戲劇，我就在一旁窺察他的神色；我要探視到他靈魂的深處，要是他稍露驚駭不安之態，我就知道我應該怎麼辦。（朱譯）

王子認為他「所看見的幽靈也許是魔鬼的化身，藉著一個美好的形狀出現，魔鬼是有這一種本領的；對於憂鬱的靈魂，他最容易發揮他的力量；也許他看準了我的柔弱和憂鬱，才來向我作祟，要把我引誘到沈淪的路上」（朱譯）。所以王子演出一幕戲劇的目的不僅是要藉此發掘國王內心的秘密，同時也要對幽靈本身的來歷重加考量以免受騙，因爲萬一幽靈確是魔鬼的化身，王子就不能不對它下達的復仇令加以三思了。

戲中戲演到了毒液灌耳加上漢姆雷特王子提早說明了劇情就迅速發生了作用：國王顯然在盛怒之下拂袖而去，使王子確信幽靈所言屬實，所以在獨白中表示決心動手復仇（第三幕第二場）：

> 現在是一夜之中最陰森的時候，鬼魂都在此刻從墳墓裏出來，地獄也要向人世吐發癘氣；現在我可以痛飲熱騰騰的鮮血，幹那白晝所不敢正視的殘忍行爲。（朱譯）

其實在王子設計套出叔父的秘密之前，卽使不信鬼的話，讀者觀眾已經先知道了。第三幕第一場老臣波洛尼斯安排和國王一起偸聽漢姆雷特王子和奧菲麗亞的對話前，波洛尼斯說了些話引起克勞狄士的感嘆：「塗脂抹粉的娼婦的臉，還不及掩藏在虛僞的言辭後面的我的行爲更醜惡。難堪的重負啊！」（旁白，朱譯）然後就是第三場的獨白：「啊！我的罪惡的穢氣上通於天了；這是天地間最初受咀咒的頭一件事，謀殺親兄！……我由暗殺而得來的東西我至今仍未放棄，我的王冠，我的野心，我的王后。……」（梁譯）所以讀者觀眾和王子初見克勞狄士跪地祈禱之際得到同樣的結論：這就是王子復仇的大好機會！不料王子此時現出了他內心狠毒的一面，暫時不動手，以求日後能徹底毀滅殺父的仇人。

稍後，這個機會就來了，而且王子毫不遲疑的下了手。在母后寢宮對她說話時，王子聲色俱厲，嚇壞了她，使她不禁大喊救命，這時從帷幕後面也傳來喊救命的聲音，王子聞聲隨手以劍刺入幃幕，心想在母后寢宮裏鬼鬼祟祟躲在暗處的除了叔父還會有誰？這是天賜良機，在不含上天能拯救其靈魂的節骨眼上，一劍使他身死並迫使其靈魂永墮地獄之中。不料掀開幃幕一看，倒斃的不是萬惡的國王，而是老臣波洛尼斯，女朋友奧菲麗亞的爸爸！

這一段劇情充分表明了漢姆雷特王子並不缺乏復仇的決心和行動的能力，只是這回他殺錯了人，而且並沒有眞正的悔意。他發現死者是波洛尼斯時說：「你這倒運的，粗心的，愛管閒事的傻瓜，再會！」（朱譯）而且居然還在屍體橫陳的房裏繼續辱罵母后。離去之前，王子雖然說「我很後悔自己一時鹵莽把他殺死」，可是王子認爲那是天意，而且「安頓」那屍體的做法卻是把它「拖到隔壁去」，不是理該做到的抱他出去（第三幕第四場）。雖然葛楚德把此事告訴國王時說「王子知道他自己做錯了事，他純良的本性就從他的瘋狂裏透露出來，他哭了」（第四幕第一場）。這只能說是一時的懊悔，因爲後來見到國王時，又是另一種臉色了。

漢姆雷特王子對待波洛尼斯這位老人聊無人情一節更充分的表現在事後，且聽他答覆克勞狄士問話時的語氣。克勞狄士問王子把波洛尼斯的屍體藏在何處，王子答稱：「吃飯去了。……不是在他吃飯的地方，是在人家吃他的地方；有一羣精明的蛆蟲正在他身上大吃特吃哩。……你們在這一個月裏要是找不到他的話，你們只要跑上走廊的階石，也就可以聞到他的氣味了」（第四幕第三場，朱譯）。雖然有人說這是王子裝瘋或故做怪狀，並不能代表王子眞正的感受，但自從戲中戲所造成的結果是王子和叔父就等於已經攤開了牌，而且王子在叔父的奸細羅森綱和吉爾敦士頓前坦白說過他並不是眞的瘋狂，頭腦清楚得很哪：「我的叔父父親和嬸母母親可弄錯啦。……天上刮著西北風，我才發瘋；風從南方吹來的時候，我不會把一隻鷹當作一隻鷺鷥」（第二幕第二場，朱譯）。因此，王子在國王面前並非裝瘋或故出怪言，那些對長者輕蔑的言詞和舉動都代表了王子性格中無情無義的一面，卽使叔父令他厭惡而影響了他說話的情緒，那也不必如此殘忍的借題發揮。

在莎士比亞安排之下，王子醜惡的一面還有更戲劇化的表現，那就是王子叫奧菲麗亞去當尼姑的第三幕第一場。首先王子發表了那篇「生存還是毀滅，這是一個値得考慮的問題」的著名獨白，其時他的心情沮喪，對人生樂趣瀕臨絕望，是顯而易見的；接著奧菲麗亞出場，在她父親波洛尼斯和國王克勞狄士藏在幃幕後面偷聽之下，進行與王子對話。雖然王子是否發現了有人偷聽，莎士比亞並無指示或暗示，如何演出全憑導演的意見，但是王子的一番話的主要對象當然是奧菲麗亞。「……美麗可以使貞潔變成淫蕩，貞潔卻未必能使美麗受它自己的感化……進尼姑庵去吧……我們都是些十足的壞人；一個也不要相信我們。進尼姑庵去吧……我也知道你們怎樣塗脂抹粉；上帝給你們一張臉，你們又替自己另外造一張。你們煙視媚行，淫聲浪氣，替上帝造下的生物亂取名字，賣弄你們不懂事的風騷。算了吧，我再也不敢領教了；它已經使我發了狂……進尼姑庵去吧，去！」（朱譯）。我們分析他這番話最該注意的考慮有三點。第一是背景：在漢姆雷特王子第一個獨白中（第一幕第二場），他已經為了母后匆匆再嫁（「啊，罪惡的匆促，這樣迫不及待地鑽進了亂倫的衾被！」）傷透了心，為了母后一個人（在這以前顯然是他心目中的理想女性）的行為就以偏概全的說過「脆弱啊，你的名字就是女人！」奧菲麗亞是女人，不能例外。王子看到奧菲麗亞就像看到了無恥的葛楚德。第二是用字：王子開始對奧菲麗亞說話用的是單數的你，即指她一個人，但不久卽開始用複數的你們，意指所有的女人，所以王子侮辱的對象已經涵蓋所有的女人，和上述第一點的思想雷同。第三點是王子這句話：「它已經使我發了狂」；王子顯然明白他對奧菲麗亞講這些話是一種瘋狂，正如他不願再談女人，因為談到女人的虛有其表就使他瘋狂。總而言之，他對奧菲麗亞的這番話是侮辱加牢騷加瘋狂。奧菲麗亞除了為漢姆雷特王子

「在瘋狂中凋謝」感嘆之外，就是覺得她自己「是一切婦女中間最傷心而不幸的……啊！我好苦……」[3]

後來大家坐下來等戲中戲開演的時候，王子對奧菲麗亞說了些不堪入耳的話，奧菲麗亞只能顧左右而言他（原文阿頓一九八二年版第三幕第二場一一〇至一一七行），這也無非是因爲她瞭解王子的瘋狂狀態而不得不如此敷衍而已。

王子對她如此輕浮，加上不久之後她父親被王子誤殺一事給她的另一個打擊，終於使她精神崩潰，失去理智，不小心落入溪中而溺死（第四幕第五場及第七場）。至此，漢姆雷特王子已經要爲兩條人命負責。

王子對女友奧菲麗亞的態度已經夠令人驚駭了，對母后出言之重更是難以形容（第三幕第四場）。赴母后寢宮之前（這是在戲中戲之後奉命晉見），王子顯然記起了幽靈告誡他不得傷害母后的話，因而提醒自己要自我克制（第三幕第二場），但是話一開頭，責罵的言詞就停不下來，而且愈說愈難聽，令人不敢相信這是兒子對媽媽說話。其主要內容是說她嫁給克勞狄士是寡廉鮮恥，棄漢姆雷特父王而就他的弟弟是有眼無珠。他特別強調葛楚德在中年的性慾未免太強，「生活在汗臭垢膩的眠床上，讓淫邪熏沒了心竅，在污穢的豬圈裏調情弄愛……向上天承認您的罪惡吧，懺悔過去，警戒未來；不要把肥料澆在莠草上，使它們格外蔓延起來……不要上我叔父的床；即使您已經失節，也得勉力學做一個貞潔婦人的樣子……」（朱譯）。母后一再的求他不要再說下去了，她的心已經碎了，做兒子的卻不顧一切的滔滔不絕，用充滿了性意象和禽獸意象的言詞數落母后。原來王子提醒自己 Let me be cruel, not unnatural——話的殘酷是不在話下，不得不近人情卻完全失敗了。不管母親的行爲多麼卑鄙，做兒子的對她說話也不能如此無禮；有些指責說一遍尚可，一再重複就未免太過分了。葛楚德也許是一個頭腦簡單的平庸婦人，既有不守婦道的行爲，不值得同情，但這並不意謂著漢姆雷特王子的一番話是應該那樣說的。因此，莎士比亞如此安排豈不就是再一度表現王子性格殘暴的一面[4]？本文前面已提到幽靈對王子（第一幕第五場）最憤激的話集中在嫉妒克勞狄士把葛楚德騙到手，他所用的詞句如「一個淫婦雖然和光明的天使爲偶，也會有一天厭倦於天上的唱隨之樂，而寧願摟抱人間的朽骨」（朱譯），或「不可叫丹麥王的寢宮變成淫烝穢亂的臥榻」（梁譯）等等令人覺得王子對母后的重言幾乎是幽靈的話的翻版。這也可以見得幽靈的出現對漢姆雷特王子有多大的影響！如果我們回顧一下王子第一篇獨白，原來在幽靈出現之前的王子已經在爲了喪父之痛而暗自發表的感言中就以母后爲對象用了些性意象和禽獸意象，如「她會偎倚在他的身旁，好像吃了美味的食物，格外促進了食慾一般……一頭沒有理性的畜生也要悲傷得久一些……罪惡的匆促，這樣迫不及待地鑽進了亂倫的衾被」（朱譯，第一幕第二場），因此王子在第三幕第四場的辱罵也可以說是第一篇獨白的強化和擴散。所以王子對於性的敏感一如其父，恰似中國人所說的「有其父，必有其子」❺。父子兩人既然對倫常關係和道德問題異常重視，則堅持復仇及於對象的靈魂的處心積慮，又如何能自圓其說呢？這又是引起讀者觀眾想起了那個身分難以完全確定的幽靈時就會疑惑它可能是魔鬼的化身的原因❻。

被王子害死的第三個人和第四個人是羅森綱和吉爾敦士頓。國王克勞狄士在戲中戲之前卽已確定漢姆雷特王子是個危險人物，並已決定把他送離丹麥，表面上的理由是要他去英國催貢（第三幕第一場）。戲中戲的演出使國王明白自己的罪惡已爲王子所洞察，接著王子誤殺老臣波洛尼斯一事更使他明白王子殺人的眞正目標乃是他自己，乃卽密令英王於漢姆雷特王子解到英國時立刻處以極刑，負責押送的使者就是羅森綱和吉爾敦士頓兩人（第四幕第一場及第三場）。

在葛楚德寢宮向她道別時（第三幕第四場），王子卽已得知他卽將被羅吉二人押往英國，並且料想其中必然另有詭計。王子告訴母后他準備接受挑戰，以詭計對付詭計，先設法毀了這兩個傢伙再說，並說這麼解決他們倆「不是頂過癮的麼？」

其實王子並不知道國王給英王的秘密指示內容如何，羅吉二人也不知道，因爲劇本文字只說他們兩人奉命押送王子赴英而已。王子在船上偷拆密令才得知他將被處死，於是將密令修改，反令英王將使者二人立刻殺掉，並特別注明不得給他們任何懺悔的時間（第四幕第三場及第五幕第二場）。這樣的布局又顯示了王子用心之狠毒，和他在這之前準備選擇一種特別的時機去殺害克勞狄士以置其靈魂於萬刼不復之地，如出一轍。他對波洛尼斯之死視為波洛尼斯自己倒霉，對羅吉二人之死也認為他們是咎由自取；王子在良心上並無不安之處。他對霍瑞修解說，在兩雄相鬪的節骨眼上，別人揷手而遭犧牲，豈不活該！就像在此之前對母后所說，他如此結束他倆「不是頂過癮的麼？」這樣說話的人豈不是像極了《奧塞羅》一劇中的衣阿溝，那個以害人為樂的魔鬼人物？

《漢姆雷特》全劇結束前，王子與雷兒狄斯比劍中稍息時，葛楚德誤飮毒酒，然後雷兒狄斯以毒劍傷了王子，王子再以這把毒劍擊中雷兒狄斯，雷兒狄斯毒發以前供出了國王的毒計和自己的罪過，此時王后已倒地氣絕，於是王子以毒劍刺傷國王，繼而逼他吞下毒酒，數分鐘內天賜良機使王子為父王復了仇，不過連自己的性命也陪上，前後八條人命奉獻給了死亡之神。

以上的討論顯示漢姆雷特做人大有問題，幽靈的身分令人起疑。籠統看來，似乎是幽靈的復仇令害王子去傷害了許多人，但是王子接到復仇令以後，他的行動分為兩個階段，第一是會見幽靈之後到海上遇盜船之前，第二是搭盜船回丹麥之後。

在第一階段中，王子對奧菲麗亞和葛楚德母后出言不遜，完全不像受過教養的君子，儘管在他若干獨白中展示了他的智慧和透視人生的一種看法；對老臣波洛尼斯一再調侃，誤殺他之後的言談之間仍不放鬆，缺乏懊悔的誠意；對國王，除欲取其性命，更欲滅其靈魂；最後是對羅森綱和吉爾敦士頓二人用借刀殺人之計予以格殺。母后和克勞狄士國王的結合使王子覺得身受其辱，奧菲麗亞雖是他的情人卻奉父命停止與他來往，波洛尼斯藏身於母后寢宮的幃幕之後偷聽他和母后的談話使他知道父王的老臣與他作對，羅吉二人從朋友變成敵人——這一切，加上幽靈的復仇令，都使漢姆雷特王子在精神上和心理上遭到幾乎使他崩潰的壓力。在這種種複雜而沉重的壓力之下，他最初只是裝瘋的打算（藉以掩飾他計畫復仇的舉動）也難免變得眞的瘋狂的發作以紓解心頭的鬱悶。此一時期的漢姆雷特很像梅爾維爾在《比利勃德》小說中所描寫的糾察長克雷加的情形：

> 欲達成的目的雖然殘忍無比，近似瘋狂，他能以精明、清醒的判斷去處理。這些人是瘋子，而且是最危險的那種瘋子，因爲他們的瘋狂不是持續性的，而是遇到某項特殊目標而偶發的……不管目標爲何——目標亦從不預先宣布——其所用方法及過

程總是完全可以用理由來解釋的。❼

這是為甚麼王子在觀眾讀者眼中會逐漸成為一個可怕的人物。

但是在第二階段裏，從搭盜船回丹麥以後，王子對任何事不再強求，一切順其自然。他對霍瑞修說：

一隻雀子的死生，都是命運註定的。註定在今天，就不會是明天；不是明天，就是今天；逃過了今天，明天還是逃不了，隨時準備著就是了。（第五幕第二場，朱譯）

在這種灑脫的心情之下，似乎聊無進行復仇的意願，於是王子泰然接受國王安排的比劍，可以說明知危機四伏而處變不驚。他沒有料到就在這一場和雷兒狄斯應該是點到為止的劍術比賽中，無意中執行了幽靈的復仇令。「隨時準備著就是了」顯然指王子本人的赴死，沒想到這句話得到印證的同時，也把仇人殺了。對漢姆雷特王子說來，這樣的結果就是天意，就是命運。所以我們可以說，王子從搭盜船回丹麥以後，一切順理成章的完成了他的心願，和上述第一階段的漢姆雷特王子判若二人。

話雖如此，可是仍有兩點是令人困惑的。第一是第五幕第一場奧非麗亞出殯，安靜的王子突然和雷兒狄斯揪扯並口出狂言。第二點是第五幕第二場他向霍瑞修回憶他修改密令讓羅吉二人去送死的時候，不但沒有悔意，而且認爲他們是咎由自取，而在這之前竟說：

> 我們應該承認，有時候一時孟浪，往往反而可以做出一些爲我們深謀密慮所做不成功的事；從這一點上，我們可以看出來，無論我們怎樣辛苦圖謀，我們的結果卻早已有一種冥冥中的力量把它布置好了。（朱譯）

這一段的英文有 There's a divinity that shapes our ends 等字，譯文「一種冥冥中的力量」與「天意」相近，亦即英文的 a divinity。依前後文來看，全段所指就是王子無意中發現密令而加以修改讓羅吉二人去送死，王子認爲如此處置這兩個人是「成功」，是「天意」，實在等於更強調了他們是「咎由自取」的看法，和第二階段的由狠心歸於平靜是相矛盾的。由此可見，王子在搭盜船回丹麥以後的心態上的改變僅止於自身的生死，並未及於對奧非麗亞或羅吉二人原持態度。或說在奧非麗亞出殯時，王子發作的目標是她的哥哥，並非她本人，但他口出狂言完全因雷兒狄斯對奧非麗亞垂憐愛惜而起，狂言內容完全表示要超越雷兒狄斯的表現；愛情靠耍嘴皮子是說服不了人的。有人批評漢姆雷特，說他自私，完全以自我爲中心，做甚麼事、想甚麼事只想到自己——這話不能說沒有道理⑧。

漢姆雷特王子的人格在讀者觀眾的心裏留下的陰影要在甚麼時候才能消除？

其實，在他身亡之前，劇中有不少地方令人覺得他是值得敬佩或敬愛的人。第一，他的孝心。第二，他冒生命危險隨幽靈而去，必得眞相而後已（第一幕第四場）。第三，他對戲劇的喜愛和瞭解（第二幕第二場及第三幕第二場）。第四，奧菲麗亞對他的讚美（第三幕第一場，原文阿頓版一五三至一五六行）。第五，母后對他的關懷及寵愛（第四幕第七場國王向雷兒狄斯解釋他不能處置漢姆雷特王子殺了波洛尼斯的理由時，特別提到「王后，他的母親，差不多一天不看見他就不能生活」）。第六，國王對他的性格的瞭解（如第四幕第七場，國王和雷兒狄斯商量如何除掉王子時，國王說王子「一向厚道，想不到人家在算計他」，朱生豪譯文。不過國王不知道王子對羅吉二人並不厚道）。但是在劇中所看到的漢姆雷特王子多半不是常態的場面，也難怪我們心中的陰影深厚，雖然他一表人才，機智過人。

如果我們要爲王子脫罪，最好的辦法是假定幽靈是魔鬼的化身，王子受制於惡魔，因而對他自己的過失可以不負責任。但這恐怕是一廂情願的下下之策，因爲如此一來，漢姆雷特王子豈不落爲工具而已？一個完全沒有自由意志的人只能令人爲他悲哀而不能令人敬佩他。

我們對王子的感情是很複雜的。當他在大庭廣眾之中獨穿黑服出現，用他奇特的雙關言語和拒人於千里之外的孤傲姿態和叔父國王對話時，我們對他的「一意孤行」「我行我素」可以說是頗能認同的，因爲王子的表現代表了我們能夠設身處地的感受：喪父之悲痛和對母親匆匆再嫁的羞憤。他第一個獨白想到「活下去有甚麼意思」以及把父王理想化也都是很容易使我們與他認同的。年輕人對愛情的理想之夢在他母親再嫁之後破碎了，更是典型的反應。我們充分瞭解，充分同情。（第一幕第二場）

漢姆雷特王子會見幽靈之前就關照霍瑞修和兩位守衛不要去告訴別人他們曾見到鬼魂的事，等他自己會見了它之後堅持要他們鄭重發誓守密，並且警告他們將來看到他若有瘋瘋癲癲的樣子，不得裝成知道怎麼回事的樣子，顯示了王子不但不缺乏行動能力，而且能及時想到如何去掩飾他自己的發現以便於對行動計畫保密（第一幕第二場及第五場）。這一點是值得佩服的。換了一個人，或許會慌張失措的。

有一天奧菲麗亞對父親報告，漢姆雷特王子到她房間，他的衣著、神態、動作等等都異乎尋常，嚇壞了她：

我正在房間縫紉的時候，漢姆雷特殿下跑了進來，走到我的面前；他上身的衣服完全沒有扣上鈕子，頭上也不戴帽子，他的襪上沾著污泥，沒有襪帶，一直垂到脚踝上；他的臉色像他的襯衫一樣白，他的膝蓋互相碰撞，他的神氣是那樣淒慘，好像他剛從地獄裏逃出來，要向人講述地獄裏的恐怖一樣。……他握住我的手腕緊緊不放，拉直了手臂向後退立，用他的另一隻手這樣遮在他的額角上，一眼不眨地瞧看我的臉，好像要把它臨摹下來似的。這樣經過了好久的時間，然後他輕輕地搖動一下我的手臂，他的頭上上下下點了三次，於是他發出一聲非常慘痛而深長的嘆息，好像他的整個胸部都要爆裂，他的生命就在這一聲嘆息中間完畢似的，然後他放鬆了我，轉過他的身體，他把頭還是向後回顧，好像他不用眼睛的幫助也能夠找到他的路，因爲直到他走出了門外，他的兩眼還是注視在我的身上。（第二幕第一場，朱譯）

這種「瘋瘋癲癲」的樣子會是刻意裝出來的麼？我倒相信這是奧菲麗亞奉父命對王子殿下改變態度所造成的結果，王子在絕望之餘演出的一幕眞戲，但是事過境遷，也就算了；失戀的悲痛沒有使王子眞的發瘋，而是使他對奧菲麗亞和他父親起了敵意。對於王子失戀的痛苦，我們能够同情，後來他的尖銳傷人的語言就太過分了，因爲這是記恨的表現，對女人不够大方，對老人不够尊重。

第二幕第二場（原文阿頓版二九五至三〇八行）王子殿下和羅吉二人談話時所發表的個人感受，深思的人是很能認同的：

我近來不知爲了甚麼緣故，一點興致都提不起來，甚麼遊樂的事都懶得過問；在這一種抑鬱的心境之下，彷彿負載萬物的大地，這一座美好的框架，只是一個不毛的荒岬；這個覆蓋衆生的蒼穹，這一頂壯麗的帳幕，這個金黃色的火球點綴著的莊嚴的屋宇，只是一大堆汚濁的瘴氣的集合❾。人類是一件多麼了不起的傑作！多麼高貴的理性！多麼偉大的力量！多麼優美的儀表！多麼文雅的舉動！在行爲上多麼像一個天使！在智慧上多麼像一個天神！宇宙的精華！萬物的靈長！可是在我看來，這一個泥土塑成的生命算得了甚麼？（朱譯）

好一個「可是在我看來」！好一個沉重的反諷。多少人在不得意的時候有相同的感觸！多少人對人生「想通了」的時候正會這樣想！就在這種時刻，許多讀者觀衆發現漢姆雷特王子就是他們，他們就是漢姆雷特王子❿！

在王子說上面這番話之前，他已猜到羅吉二人是國王和母后召來刺探他的，而且他們也已承認確實如此，可是王子卻坦然告訴這兩個奸細他並不是眞的瘋，想裝瘋的時候才故做怪狀或出怪言(原文阿頓版第二幕第二場三七二行及三七四至三七五行)。爲了掩飾他的行動計畫以便對付國王，王子才決定裝瘋的，他爲甚麼把眞象透露給國王的奸細知道，難道他不知道他們會去向國王報告麼？這簡直是不可思議的事！這也是漢姆雷特王子令人覺得他有時傻得可愛的原因。

在同一幕同一場及第三幕第一場王子在獨白中自責懦弱，只發脾氣而不動手去幹，也是很多人的親身經驗，很容易加深我們對王子的認同。緊接下來他要奧菲麗亞去當尼姑的那些駡詞又令我們甚爲氣憤，深感王子未免太缺乏風度。卽使我們相信這是他所承受的沉重心理壓力之下的異常反應，我們亦會覺得他太殘忍、太可怕了。

王子拂袖而去以後，莎士比亞用奧菲麗亞的感嘆讓我們知道平時的王子在人們心目中的形象是如何的：

> 啊，一顆多麼高貴的心就這樣殞落了！朝臣的眼光，學者的談吐，軍人的勇敢，國家的屬望，美好的象徵；時流的明鏡、人倫的典範、舉世注目的對象，就這樣無可

挽回的殞落了！（部分採用朱譯）

奧菲麗亞的嘆息一方面再一次使我們意會到王子在眾人印象中是多麼出眾的青年全才，一方面會令我們爲他的激動失態而惋惜；我們的感受可以說是一言難盡。

至此，國王既已確定王子並非眞的喪失了理智，反而變成一個危險人物而決意隔離他，我們又開始爲王子擔心，同情心的鐘擺又傾向他了，雖然我們很難忘記他對女友的絕情。

在以後的劇情安排中，莎士比亞一再的呈現一個反覆無常的漢姆雷特王子，時而令人對他的粗魯或缺德感到訝異或憤慨，時而對他心頭的壓力充分瞭解而同情他，甚至佩服他的才智過人。可能我們愈來愈相信王子的撒野是他複雜心情的自然反應，卻不能代表他眞正的本心。他多次的獨白都道出他內心的痛楚和懷疑，他的心靈世界象徵多變的人生際遇和人心之不可測，好像是在問：人在這樣一個世界上到底要怎樣才能好好做人，怎樣才能使生命有意思？我們若能設身處地去感受，漢姆雷特王子的問題就很容易轉化爲我們的問題。在全劇最後一幕，即第五幕第二場（原文阿頓版六三至七〇行），王子還在問霍瑞修：

你想，我是不是應該——他殺死了我的父王，奸汚了我的母親，篡奪了我的嗣位的權利，用這種詭計謀害我的生命，憑良心說我是不是應該親手向他復仇雪恨？如果我不去剪除這一個戕害天性的蟊賊，讓他繼續爲非作惡，豈不是該受天譴嗎？（朱譯）

不過這個問題似乎已經不是一個需要答覆的問題。克勞狄士對他的態度和決心，他沒有理由去懷疑，因爲他從克勞狄士給英王的密令中已得知克勞狄士豈僅是要他的命，也要滅他的靈魂。王子當前最迫切的事情是保全自己，要保全自己，就非「剪除這一個戕害天性的蟊賊」不可，至於聽從幽靈之命去報父仇反而成了附帶的問題了。

可是也就在這個時候，他盡人事、其餘聽天由命的哲學成了他行動的準則，因此他才會去接受危險的比劍以等待殺敵的機會。最後，王子成功成仁；而且在這最後一場戲裏，莎士比亞並未安排幽靈出現（在一般的傳統復仇劇終了時，要求復仇的鬼魂會出現，表示對復仇成功非常得意），很可能是避開爲他人復仇是否應該的道德性問題，以便強調漢姆雷特王子在最後關頭是爲了自衛而傷人，在某一個層次上與一般的復仇有一段距離⑪。

還應該特別指出的幾點是，雖然幽靈出現在漢姆雷特王子之前先出現在官兵和霍瑞修之前，詩文中若干語言及意象象徵幽靈之出現（也就是克勞狄士謀害漢姆雷特父王和繼承王位所造成的結果）影響了國運和國格[12]，但是丹麥人的酗酒習慣並非克勞狄士當了國王才養成的；全國軍民爲戰備而忙，但克勞狄士利用外交手腕化解了國家危機；雖然克勞狄士先把葛楚德騙到了手，但是後來正式娶了她稱她爲后，並宣布她是丹麥的「共同統治者」；最重要的一點是幽靈對漢姆雷特王子的一席話講述自己如何被謀害，葛楚德對丈夫如何不忠實，以及要王子除掉克勞狄士這個色鬼以免丹麥寢宮繼續被淫亂所污染，但並沒有提甚麼「爲國除害」一類的話。所以《漢姆雷特》這個悲劇固然事關丹麥最高領導階層，可是仇殺的私人心理背景似乎遠超過政治因素。王子在斷氣之後（第八條人命），漢姆雷特皇族的最後一員死亡，領導丹麥的人選勢必另找別人。丹麥王子斷氣之前表示擁戴挪威王子孚廷勃拉斯；讓一個外國人來當國王，這樣的安排是不是有點反諷的味道？不過，如果我們不認爲本劇是政治劇，那麼誰來當國王就不能算是重要問題了。

漢姆雷特王子直接、間接的先害死了四個人，最後一幕中母后誤飲了國王爲他準備的毒酒，接下來他心安理得的刺死了先以毒劍傷他的雷兒狄斯，和謀害了他父王、也害母后飲了毒酒的克勞狄士。即使他用毒劍刺了克勞狄士之後，再逼他飲下毒酒的手段著實狠毒，但是讀者觀眾對於他這次下毒手的原因全看在眼裏，所以不但不責怪他，而且覺得他幹得好！王子付出自己的生命爲代價，可以說是對先被他害死的四條命的補償。在雷兒狄斯的毒劍刺中漢姆雷特王子的時刻，我們知道他必死無疑，我們以前對他不諒解的情緒也就消失了。當霍瑞修向王子道別：

> 一顆高貴的心現在碎裂了！晚安，親愛的王子，願成羣的天使們用歌唱撫慰你安息！（朱譯）

當孚廷勃拉斯說：

> 我們要用軍樂和戰地的儀式，向他致敬。（朱譯）

不少的讀者觀眾也會在此一時刻覺得漢姆雷特王子是一個相當了不起的人，甚至會對他肅然起敬。他一生充滿了矛盾的痛苦和痛苦的矛盾，他也許活得不太漂亮，但死得有交代。名學者Helen Gardner在一九七六年以「莎士比亞評論」為主題的會議上以"Tragic Mysteries"為題的一篇演講中說：

> 對於劇中人物和他們的命運加以分析，認爲自己的評論是完整的，再也沒有甚麼別的話可說的了；這樣的結論破壞了莎士比亞悲劇經驗的精髓。莎士比亞悲劇經驗的精髓是在它顯示給我們一個內外都有危險的世界，充滿了極度的惶恐與困惑；在這樣的一個世界裏，人進入自己去發現了原不自知的自己，那種能爲善又做惡的性能；遭遇一個世界，在其中原以爲是確定的事物，會崩潰，並發現人生重大深奧的各項問題，在劇終時，劇中人和觀衆都無法提出適切的解答。⑬（作者試譯）

這一種劇終時留下的對於人生的神秘感就是莎士比亞悲劇的特點。《漢姆雷特》一劇在結束時給人一種舒暢的感受，一種不是用理智能解釋清楚的而卻在心裏覺得就是這麼一回事的感受。王子的一生不那麼完美，充滿了痛苦的矛盾和矛盾的痛苦，他過著像遊魂似的生活而終能在緊要關頭自拔，也算是給了我們一個榜樣了。

（本文原發表於《中外文學》七十五年四月號）

注釋

❶《漢姆雷特》英文本文及分場均用 Harold Jenkins 編注之一九八二年阿頓版。中譯部分用梁實秋譯文處注明梁譯，用朱生豪譯文注明朱譯。關於第三幕第三場結束前漢姆雷特王子那一段獨白中決意等待另一次殺害克勞狄士的機會以便使他永落地獄的話：「然後絆倒他，使他兩腳朝天，使他的靈魂變得和地獄一樣的黑暗而永墮其深淵」（作者試譯），賽繆爾・強森表示「太可怕了，讀不下去，說不出口」（作者試譯，原文刊於一七六五年強森編注的《莎劇全集》，曾被轉載於多處）。

❷幽靈的身分和性質早就有批評家提出疑問。Harold C. Goddard 的意見是漢姆雷特王子不應該去擔任殺害國王的任務，爲了復仇而去殺人是不當的行爲，這種看法才能符合莎士比亞的終極意義，也就是說幽靈的復仇令是有問題的（見其一九五一年所著 *The Meaning of Shakespeare* 第廿三章）。視幽靈爲邪惡之物的近作可以一九六七年 Eleanor Prosser 所著 *Hamlet and Revenge* 爲代表。在作者本篇發表後第二年（一九八七年），完全視幽靈爲魔怪，視王子完全被幽靈控制的 *The Elizabethan Hamlet* 出版了。著者 Arthur McGee 的結論中特別指出劇終時漢姆雷特關心的是他個人的聲譽。

❸關於王子對奧菲麗亞刻薄無情一節，強森認爲是王子最瘋狂的表現，他的粗魯是沒有意義的和任

性的殘忍行爲。原文來源見注一。如果說王子痛咒奧菲麗亞是爲了斬斷情絲，使她死了這條心，以便自己也可以忘掉她，這樣他可專注於復仇的任務而不分心，似乎是普通文藝小說的安排，不像是莎士比亞在悲劇裏的手法。對於這一對以悲劇結束的情人兩者之間的關係，最持平的探討見於 Leo Kirschbaum 論文 "Hamlet and Ophelia"，刊於一九五六年十月號的 *Philological Quarterly* 三十五卷四期，頁三七六～三九三。他的結論是劇本本身並無單純乾脆的結論，而這也就是《漢姆雷特》一劇至今迷人之處。

❹ 在本場內，幽靈再度出現在王子眼前，但未現形於葛楚德眼中，莎士比亞之用意自然和王子對待母后的蠻橫情形有深切的關係，見拙著〈鬼魂和王子復仇問題〉，刊於《中外文學》六十九年七月號，九卷二期。依 R.A. Foakes 的看法，王子在當時對奧菲麗亞和母后用利刃一般的話對付她們是心中的感受用言語表達以代替暴力，這是王子防止他潛在的脫軌行動的唯一方式，見其所著 "The Art of Cruelty: Hamlet and Vandice"，刊於 *Shakespeare Survey* 26，一九七三年。

❺ 關於漢姆雷特王子的性敏感及有關的戀母情結問題，參閱佛洛依德 "The Material and Sources of Dreams"，英譯文刊於 James Strachey 編著的 *The Interpretation of Dreams*，一九五五年；德文原著成於一九〇〇年。將佛洛依德的闡釋加以演化的是他的信徒 Ernest Jones，書名 *Hamlet and Oedipus*，一九四九年。按照 Fredson Bowers 的分析，王子在母后寢宮對她一

番刺激的話，主旨在說服她必須悔悟，必須和克勞狄士分開，她的靈魂才能得救，所以必須聲色俱厲，必須言重。他並肯定這是幽靈的指示：他並未點出是那幾句話，不過大概就是「不可叫丹麥王的寢宮變成淫烝穢亂的臥榻」，見其所著“Hamlet's Fifth Soliloquy”，3.2. pp. 406-417，刊於 Richard Hosley 編輯的 *Essays on Shakespeare and Elizabethan Drama in Honor of Hardin Craig*，一九六二年。但是在當時的實際情形，葛楚德如何能和克勞狄士分開呢？如何不去上他的床？他們兩人到底是正式的夫妻，要分離也不是不上床就能解決。所以幽靈所謂的「不可叫丹麥王的寢宮變成淫烝穢亂的臥榻」以指除掉克勞狄士爲根本解決之意，Bowers 的推斷似不足採信。

❻ 關於幽靈的性質，除❷所提三書外，可參閱 Robert H. West 所著“King Hamlet's Ambiguous Ghost”，刊於一九五五年 *PMLA* 七十卷，收於他一九六六年出版的 *Shakespeare and the Outer Mystery*。該文提到幽靈是漢姆雷特王子主觀形成的幻象一說，或是基督教鬼魂，天主教鬼魂，異教鬼魂，及一般的鬼魂說法等，但沒有一種界定能完全符合劇中幽靈的特質；主觀形成的幻象一說完全不能解釋它在兩位守衛和霍瑞修眼前出現的事實，基督教或天主教鬼魂一說不能完全解釋它在地獄受罪會是一個將昇入天堂的得救的靈魂，異教或一般的鬼魂之說又難以配合劇中眾多的基督教意象；如果說這幽靈是魔鬼的化身，只能代表魔鬼的復仇心重，卻不能解釋它對葛楚德的寬容（charitable）。不過本文開頭即已說明幽靈對葛楚德並未寬容，不要她死而要她

活受罪實際上是一種可怕的精神虐待。關於幽靈的性質，West 的結論是莎士比亞爲了達成神秘的戲劇效果，故意容許不同層次的認定而拒絕加以單純化。

❼ 見 Herman Melville, *Billy Budd, Sailor*, eds. H. Hayford and M.M. Sealts, Jr., 1962, p. 76.

❽ 以長篇小說著稱於世的十九世紀俄國作家伊凡屠格涅夫在〈漢姆雷特與唐吉柯德：兩種永恒不變的典型人物〉一文中論及漢姆雷特王子，說他「只爲自己而活；他是個自我本位者……生性多疑，總是爲自己的事多煩惱；他爲自己的境遇傷腦筋，卻不爲自己的職責去忙。當然，漢姆雷特從不讓自己懈怠；他的心智過度發展以至於他從不能對他自己滿意……去愛他是幾乎不可能的；只有像霍瑞修那樣的人才會對他依依不捨……每個人都同情漢姆雷特，其理由很明顯，就是說，差不多每個人都在漢姆雷特身上發現自己的特性；但是去愛漢姆雷特，我再說一遍，是不可能的，因爲漢姆雷特自己不愛任何一個人」。該文發表於一八六〇年，英譯文刊於 *Current Literature*, 42 (March, 1907) No. 3，譯者名 David A. Modell，英譯文之摘要收於 Laurie Lanzen Harris, ed. *Shakespeare Criticism I*, 1984, pp. 111-113。

❾ 此句 a foul and pestilent congregation of vapours 被艾德格・坡轉用於他的著名短篇 "The Fall of the House of Usher" 第四段中，成爲 "about the whole mansion and domain there hung an atmosphere… which had no affinity with the air of heaven, but which had reeked up from the decayed trees, and the gray wall, and the silent tarn–a pestilent and mystic vapor, dull, sluggish, faintly discernible, and leadenhued.” 坡在此處所用的意象，表現的感受，使讀者覺得他的故事主角 Roderick Usher 也是漢姆雷特王子一型的人物。

⑩ 如屠格涅夫曾說「差不多每個人都在漢姆雷特身上發現自己的特性」（來源同❽）。海滋利特說：「我們就是漢姆雷特」（見 William Hazlitt, “Hamlet”，刊於其所著 *Characters of Shakespeare's Plays*，一九〇六年），片段載於 *Shakespeare Criticism* 第一部（參閱❽）。

⑪ 關於依麗莎白時代認為復仇是不當的，而且莎士比亞在本劇內對復仇持反對態度等說法，參閱❷所列二書。以依麗莎白時代的背景和各種觀念來探討《漢姆雷特》劇本各項問題的最近佳作是 Roland Mushat Frye 所著 *The Renaissance Hamlet: Issues and Responses in 1600*，一九八四年出版。

⑫ 拙著〈鬼魂和王子復仇問題〉（見❹）中對此曾加陳述。

⑬ 見 David Bevington and Jay L. Halio, eds. *Shakespeare: Pattern of Excelling Nature*, 1978, p. 90.

勞倫斯奥立弗爲漢姆雷特整型

影壇天王巨星勞倫斯奥立弗在一九四八年推出莎士比亞悲劇《漢姆雷特》，自導自演。原劇的現代版本根據一六〇四年「第二版四開本」和一六二三年「第一版對摺本」編注而成，長約三千八百行，全部演出約需四小時以上。爲使上演時間不超過三小時，舞臺導演或電影導演都必須刪減原劇內容片段或刪減劇中人物，無法對原劇完全忠實。再說，《漢姆雷特》原劇在莎士比亞時代當年的演出實際情形，如今根本無法查考，無法參照。由於這種原因，後世的編劇、導演、演員等無形中被賦予一種相當程度的構想自由，可以按各人自己對《漢姆雷特》這故事和漢姆雷特這角色的感受及詮釋去設計演出。

三百多年來，尤其是在本世紀，研究這部偉大悲劇的專書和專文可說是不計其數，但對於劇中若干相當根本的問題卻並沒有一致的看法。有些不同的看法並不相互排斥，有些則不能並存。一些所謂的根本問題，可舉數例：那個鬼魂是漢姆雷特父王的幽靈，還是魔鬼的變形？王子是眞瘋，還是裝瘋？王子愛還是不愛奧菲麗亞？她被王子辱罵，她活該受這個罪嗎？劇終時，挪威王子孚廷勃拉斯行將成爲丹麥的新王，這樣的安排眞可以視爲漢姆雷特救了丹麥麼？對於這些和其他相關問題，就以國內《中外文學》這一個刊物爲例，從八卷十期到十四卷十一期，六位作者的七篇論文所見就大不相同❶。

對這樣一部長久以來爭相議論的戲，爲甚麼受歡迎、受推崇的高潮一直不退？儘管演出的方式一變再變，《漢姆雷特》始終是好戲碼。對劇本的評價基本上自然應視演出的效果爲定，許多不同的演出居然都能得到肯定，這充分顯出《漢姆雷特》一劇的靭性❷。如果不看戲，光讀劇本，我們往往發現值得推敲的地方非常之多，若加上視覺的聯想力，讀者受到的衝擊或許會比戲還更深沉、長久。最近幾十年來有一種說法，凡是讀劇本時發現的疑問（如漢姆雷特和霍瑞修的年齡；霍瑞修到達丹宮的時間；默劇演出時，國王是否在看，如果是在看，他怎麼會沒有任何反應？）在看戲的時刻就不會發生，因爲觀眾「看」戲，不會同時去「想」，沒去想到也就沒有疑問了。在此地看不到莎劇，只能借到若干電影和錄影帶，它們的「說服力」有多強，好像還沒有人發表過意見。目前在臺灣比較容易借到的《漢姆雷特》有兩種，一是勞倫斯奧立弗製作的電影的錄影帶，一是英國廣播公司製作的電視劇錄影帶。奧立弗的電影片長兩小時又三十五分鐘。他濃縮原劇的情形，他如何詮釋，以及與詮釋相關的一部分問題，是本文討論的內容。

劇中人物減少

劇中人物有名有姓者原十八人，奧立弗在電影裏刪剩了十二人。被刪掉的是：漢姆雷特王子的大學同學羅森綱和吉爾敦士頓，挪威王子孚廷勃拉斯，丹宮老臣波洛尼斯家的男僕瑞那多，代表丹麥出使挪威的伏地滿和考尼里斯。還有，小丑兩名減爲一人，挪威軍官和英國來使則全免。

沒有了孚廷勃拉斯，挪威軍官，出使挪威的丹麥朝臣，就去掉了劇中一切和丹挪關係的情節和有關詩行對白以及漢姆雷特王子的一部分獨白。原來孚廷勃拉斯和雷兒狄斯和漢姆雷特王子在劇情的發展結構上表面完全相同，都要爲父親的橫死報仇。孚、雷二人的說幹就要幹的脾氣卻和漢姆雷特的沉思形成極爲尖銳的對比，莎士比亞在他們性格的比較上，可以說化了功夫，如今在電影裏少了挪威王子，我們只有拿雷兒狄斯一人來和丹麥王子相比，或許對比的效果稍差，但挪威王子在劇中的戲極少，除了第四幕第四場七行臺詞及全劇最後一場戲登場外，我們只是聽到國王、丹麥出使挪威的朝臣、霍瑞修和王子各提到他一次而已。我們對雷兒狄斯印象深得多。雖然如此，奧立弗刪除孚廷勃拉斯的後果是非常「嚴重」的；奧立弗完全改變了莎士比亞安排的結局，因而影響了主題的詮釋，這一點容後再加討論。現在先談談原劇第二幕，這是奧立弗刪減行數最厲害的一幕。

另一幕戲中戲

第二幕開始的時候應該是第一幕結束數星期之後，也就是漢姆雷特在決心聽命於鬼魂要殺克勞狄士之後，經過數星期之久而未採取行動，或未能動手。一方面母后荒唐的匆匆再嫁（更糟的是對象竟會是他厭惡的叔父）對他的刺激顯然並未因時間的過去而消失，一方面他得知父王駕崩源於被叔父下毒，如今寃魂猶在煉獄受難，這又加重了漢姆雷特內心的憂傷和憤慨。如果王子是個魯莽的青年，任性的向國王奮力一擊，同歸於盡，機會不會沒有。但習於思考的王子必然想到在國人茫無所知宮廷黑幕的情形之下他就一舉殺死仇人，公方面他犯了弒君之罪，私方面殺了媽媽的現任夫君，他的不忠不孝會被國人如何誤解，又有誰在這種時刻能爲他解釋？就在這樣左右爲難，時間難熬的日子裏，他又發現奧菲麗亞開始冷落他、不見他、不理他。

戀愛中的人遇到別的煩惱多半向戀愛的對象訴求同情或安慰，可是漢姆雷特苦就苦在不能向她道明眞實情況。他的任務和計畫需要保密，想甚麼都不能直說，一切「眞」封閉在心裏，表面上和別人只能虛應故事。這種被壓抑的精神狀態把他逼瘋，並不是不可能，雖然未必必然。所以原劇第二幕第一場七七至一〇〇行[3]奧非麗亞對父親禀報漢姆雷特殿下突然造訪，但衣著、神態、舉止都異乎尋常，這一番瘋癲的表露至少可以有兩種解釋。一是說王子受到極深的刺激而一時神經錯亂，表現失常；二是故意裝瘋以掩飾他的暗中行動——他知道奧非麗亞一定會把他的情形去禀報波洛尼斯，這位老臣必然會去報告國王，也就是說漢姆雷特在利用不再理他的女朋友。

劇本裏，王子的造訪情形是奧非麗亞講給她父親聽的，奧立弗在電影裏把這一幕安排成奧非麗亞的回憶；在奧非麗亞的回憶中，飾演王子的奧立弗按莎士比亞的詩句忠實的、精心的演出，再配上奧非麗亞述說的聲音。文字、語言、聲調、表情、動作，使這一段戲在螢光幕上特別扣人心弦，尤其是奧立弗的默劇（面部和眼光的表情和一部分動作），令我特別感覺到王子未能從奧非麗亞得到一點點默契或同情的表示，至於鼓勵或支援那就更不必提了，因而從失望陷入絕望，黯然無奈的退出。莎士比亞安排漢姆雷特離開奧非麗亞房間時的眼光始終望著她，應是特別強調王子在失望之餘一直還抱著一線希望，好像在倒數計時，看最後她是否會叫住他、投入他懷中或問他到底是怎麼回事，而她竟只是呆住了，沒有反應！劇本中的奧非麗亞或有深情（否則不致於精神錯亂），電影中的她有好幾個地方都表現對王子不能忘情，只是太脆弱，不敢反抗老父。奥立弗電影處理王子去看奥菲麗亞這一段戲做到了使觀眾易於體會王子的心情。其實在原劇第一幕第三場結尾波洛尼斯明白指示奥菲麗亞不得再與王子來往，女兒說了她會服從後，這一場卽結束，但在電影裏奥立弗加了一個鏡頭：奥菲麗亞出門轉身從甬道中看過去，偶然發現漢姆雷特坐在那一頭議事大廳的一張椅子上，正向她望著，奥菲麗亞遲疑了一下，表情上似乎很想和他打招呼，但隨後她就低頭轉身走開，漢姆雷特原來放在椅子扶手的雙臂隨卽無力的掉下來自然伸直，一臉失望。加這一個簡單的鏡頭強調了老父對奥菲麗亞的震懾力，也爲漢姆雷特以後對她的態度轉變，提早給觀眾一個心理準備。

老爸少說幾句

本來從王子準備以裝瘋來掩飾他復仇計畫可以很自然的接到他以瘋狀出現在愛人室內，可是莎士比亞可能是⑴爲了緩和一下第一幕留下的緊張情緒，⑵使觀眾能更感覺到兩段戲之間已經過了好一陣子了，⑶或爲了多加一些波洛尼斯的性格資訊，還有⑷我個人認爲是爲了讓觀眾更瞭解雷兒狄斯的爲人，而特別穿插一段詼諧的對白：波洛尼斯交代僕人瑞那多到巴黎去，如何用不甚光明的手法去刺探他兒子的生活情形；那麼，凡是老父要僕人去查看有無的毛病就是兒子大概犯過的毛病（或是些他自己年輕時的經驗！）如喝酒、鬪劍、賭咒、吵嘴、嫖妓。莎士比亞用這種間接的說法使觀眾在想到漢姆雷特時，更會覺得雷兒狄斯不如他。但這七十多行的對白在電影裏被奧立弗完全删掉，在許多其他的演出場合其命運也是如此，最主要的原因可能是這一段的內容與劇情發展無甚關聯，僕人瑞那多也不再出場，嘮叨的世故的老頭波洛尼斯亦不必多加描繪，因為我們還有別的機會去更認識他。

王子和「尼姑庵」

羅森綱和吉爾敦士頓以及出使挪威的兩位朝臣被奧立弗除名後，原劇第二幕第二場開頭省略了八十餘行。在電影中，接著奧菲麗亞回憶王子來訪的默劇就是波洛尼斯在國王和皇后面前很得意的報告他已經發現了王子發神經的原因，那就是奧菲麗亞拒絕和他再來往。老臣繼而朗誦王子寫給她的情書以證明他的判斷有據，又為了證明他的看法絕對不錯，他要乘王子慣常在這廳堂上踱來踱去的時候，把女兒「放」出去和他相會（I'll loose my daughter to him.），而老臣則陪著國王躲在幃幕後面偷聽。原劇的各種版本都在國王同意試辦之後才有漢姆雷特登場的指示，但威爾遜在一九三五年發表的意見是認為王子必然在波洛尼斯開始向國王和皇后報告的時刻就已出現在舞臺的邊緣，一字不漏的聽到他們的交談和利用奧菲麗亞來試探他的陰謀，因此王子在後面的「尼姑庵」（第三幕第一場九〇至一六三行）那場戲才會對奧菲麗亞發那樣大的脾氣；威爾遜認爲王子若不知波洛尼斯的安排或他女兒的被利用，那麼觀眾讀者就無法瞭解王子爲甚麼要那樣激動地辱罵她[4]。炒他魷魚一事尚不至於令他喪失君子的風度到如此地步。

奧立弗在電影裏就依照威爾遜的意見來安排王子登場的時機。鏡頭先照老臣指手畫腳的對克勞狄士和葛楚德報告，旋卽轉照王子——他聽見有人講話就在一根柱子後面站住傾聽，鏡頭再回到三人交談，等老臣說要把女兒「放」出去時，鏡頭迅卽回至王子背影，照他離開現場；不一會兒，王子在另一處登場，手捧一本書看著——此刻國王夫婦在較爲隱蔽的角落，老臣迎上去和王子打招呼、講話——電影裏的這一段戲所用文字幾乎完全和原劇第二幕第二場的八六行至二一七行相同。自此一直到這一場結束（六〇一行），奧立弗只留用了老臣報告劇團到，劇團的劇目，王子歡迎他們的幾句話，五一八至五三八行，和最後一行半，其餘三百多行全部刪除。其中羅森綱和吉爾敦士頓兩人有關對白在必然刪除之列。演員當場應王子的要求演出的一段戲既然也被刪掉，王子痛責自己不動手復仇的獨白也就隨之刪掉了。這篇獨白將近結束的地方有這幾句：

我所看見的幽靈也許是魔鬼的化身，借著一個美好的形狀出現，魔鬼是有這一種本領的；對於柔弱憂鬱的靈魂，他最容易發揮他的力量；也許他看準了我的柔弱和憂鬱，才來向我作祟，要把我引誘到沉淪的路上。我要先得到一些比這更切實的證據……

在〈幽靈・王子・八條命〉一文中，我已說過：「王子演出一幕戲劇的目的不僅是要藉此發掘國王內心的秘密，同時也要對幽靈本身的來歷重加考量以免受騙，因為萬一幽靈確是魔鬼的化身，王子就不能不對它下達的復仇令加以三思了。」奧立弗刪除這幾句獨白的影響是降低了或甚至是消除了幽靈來歷的曖昧，也就是說電影裏的漢姆雷特相信他見到的幽靈「是」他父王的鬼魂，沒有甚麼疑問，這就等於說漢姆雷特遲遲不動手報仇又少了一個藉口；和電影開場白「這是一個拿不定主意的人的悲劇」很能配合[5]。

既然奧立弗按威爾遜的意見讓漢姆雷特有機會直接得知波洛尼斯安排女兒為餌，所以當王子看到奧菲麗亞獨自在場時，發覺她在服從老父拒絕和他來往之後，竟眞的還幫著國王和老父來試驗他，王子用粗鄙的語言對付她就顯得有其原因而不是像有些人認為莫名其妙了。但是在奧立弗的導演之下，這「尼姑庵」一場戲並不只見王子發脾氣和罵人，見到的是一個對奧菲麗亞的感情很複雜，而且很有誠意要她脫離是非圈的眞情王子。王子一上臺就走近幃幕，以手輕輕撩之，引起奧菲麗亞的緊張。本來奧菲麗亞獨自等王子時，卽顯得侷促不安，導演如此安排顯然是強調奧菲麗亞難違父命但並不甘心情願，旨在赢得觀眾的諒解。王子對她嘶喊叫罵了一陣，並且把她推倒在臺階上，然後回身指著幃幕大吼：「我們以後再不要結什麼婚了；已經結過婚的，除了一個人以外，都可以讓他們活下去」；此刻漢姆雷特的激動，其對象是幕後的克勞狄士；說完就轉身挨近跌倒在臺階上的奧菲麗亞，輕輕的、柔和的、慢慢的告訴她：「進尼姑庵去吧，去。」並且吻了她的手才離開。王子的氣似乎全消了，不再責怪她，只是勸她斷絕塵緣，省得痛苦。漢姆雷特是仍舊愛她的。

第五獨白的新定位

在原劇中，漢姆雷特的 To be, or not to be 獨白是在「尼姑庵」戲之前，奧立弗在電影裏把它安排在其後，而且地點從室內改在城堡最高的室外平面（像是削壁上的一塊岩石），王子蜷伏於其上，望下看，鏡頭直倒千丈垂於波濤洶湧的海面。這三十行獨白，上下不接戲，在奧立弗的安排之下成爲獨立的一幕；鏡頭在岩頂，浪花，王子的蒼白的臉，黑色的服裝，他手持的短劍，在這些之間慢慢轉動；當他的獨白結束在「失去了行動的意義」這句話之前一秒鐘，短劍從他手中落入海中。整個獨白是在王子決定要劇團演出一幕戲以探國王的虛實之後，又是在「尼姑庵」過場之後；等於是說，王子意識到在戲的演出之後極可能是他採取暴力行動的時候，是他自己的生命也會受到傷害的時候，是他和愛人訣別的時候；所以奧立弗把獨白的時刻移後，加上手持短劍及其他暗示動作的配合，特別強調了死亡和自殺的意念，而最後的短劍的失落像是「拿不定主意」的前奏象徵。我覺得奧立弗把這場獨白的地點由室內改爲室外，更加強了這種詮釋：王子所想到的不僅是「他一個人」的問題，而是「人」的整個「做人」的問題；一方面王子的孤寂卻也由於「空曠」的背景而更能令人感受深刻⑥。

戲中戲只剩默劇

批評家都注意到原劇第三幕第二場劇團演出默劇時候的一個疑問：默劇明明把毒液灌耳和寡婦迅即接受新愛一段按「實情」演出，怎麼克勞狄士國王看了竟會沒有反應，而要等到戲劇正式演出，毒液灌耳再演一遍的時候，才站起來走掉呢？威爾遜認爲可以從莎士比亞設計的對白中得知漢姆雷特並未安排默劇（因爲它可能對克勞狄士產生預警作用，使他提高警覺而令王子設計的圈套失效）而是劇團自作主張演出的，幸虧克勞狄士當時正在和波洛尼斯和葛楚德談話而未注意默劇的演出，因而他沒有反應。本文篇幅有限，不能討論威爾遜的解釋或與他意見不同的論說❼。簡而言之，克勞狄士對默劇沒有反應是原劇文字表現的事實，在演出時必須解決的問題。奧立弗顯然爲了整個電影的演出時間必須「合理化」，他就把默劇後面的正式演出完全取消，只留下默劇，就用默劇使國王緊張起來，倉惶離開現場。奧立弗這樣一改加深了國王克勞狄士心中有愧的罪惡感的作用，使原劇這一場戲變得更戲劇化，更短而有力。

話如刀割

戲中戲結束後，波洛尼斯來禀報王子說母后要跟他說話。赴母后寢宮途中逢巧看到殺父仇人的背影，克勞狄士正跪地祈禱，旁無別人。王子拔劍，高舉雙手，旁白中表示殺害正與神通靈之人不能達到復仇目的，反而送他登上天堂之路，於是轉身去母后寢宮。在電影裏，母子十三行對話將近結束時，兒子的高姿態已經把母親逼退倒在床上，同時母親發現兒子手持出鞘之劍：

你要幹麼呀？你不是要殺我吧？救命！救命呀！❽

原劇並無手持出鞘之劍的指示，不過奧立弗的安排使葛楚德的如此驚駭的反應顯得更眞實，使後來幽靈的出現更有理由。同時，「無意識」的「潛意識」的亮劍被母親看見而且嚇倒了她，似乎是讓漢姆雷特重溫途中獨白的一句警句：

我可以殘酷，但是不可沒有骨肉之情；
我向她說刀子般的話，但是不動刀。（梁譯）

看來增加「用劍」一著棋是奧立弗巧妙、成功的地方。

據說這一場戲演出的地點，導演都選擇母后的臥室，因爲臥室才有床，在床上演出才能使激動的對話場面更戲劇化。一般說來，用臥室和床是受「戀母情結」之說的影響，雖然 Harold Jenkins 編注的版本說用臥室是沒有根據的。原劇三處均指明爲葛楚德的 closet[9]。所謂 closet 是小房間，密談之所。舞臺上，小房間不能寫實安排，但可用想像——在依麗莎白時代，舞臺道具極少，實況如何多憑詩句文字助以想像。在電影裏，許多問題可以用鏡頭特寫來解決。奧立弗和其他現代導演一樣，必然想到在《王子復仇記》裏，談兩性關係的場面不少，劇中人所用詩句裏的性意象又多、又極強烈，那麼在戲裏面加一張床，豈不更妙?!我們只要記得(我們又如何能忘得了?!)在戲中戲開始之前，漢姆雷特對奧非麗亞大開黃腔那一幕，就會同意王子進入母后的套房看見她身後一張床是很自然的一種設計。

另一個象徵動作

王子和母后告別前，要她不再去叔父的床上睡覺。我曾寫過「在當時的情形，葛楚德如何能和克勞狄士分開呢?如何不去上他的床?他們兩人到底是正式的夫妻，要分離也不是不上床就能解決。」[10]奧立弗想了一個辦法塑造葛楚德經他愛子責備和開導之後確實有悔悟的新形象。首先，克勞狄士看到奧非麗亞半瘋狂的狀態，指使霍瑞修跟她出去照顧她，接著他憂心忡忡的樣子對葛楚德說(與原劇文字同):

> 啊，葛楚德，葛楚德!不幸的事情總是接踵而來:第一是她父親的被殺;然後是你兒子的遠別……人民對於善良的波洛尼斯的暴死，已經羣疑蜂起，議論紛紛……可憐的奧非麗亞也因此而傷心的失去了她正常的理智……最後，跟這些事情同樣使我不安的，她的哥哥已經從法國秘密回來，行動詭異，居心叵測……關於他父親死狀

的惡意的謠言……由於找不到確鑿的事實根據，少不得牽涉到我的身上。啊，我的親愛的葛楚德！這就像一尊厲害的開花炮，打得我遍體血肉橫飛，死上加死。

在奧立弗的導演下，國王講話時，葛楚德原來幾乎是完全面對他，但她逐漸轉身，國王叫她「我的親愛的葛楚德」時上前拉她，而葛楚德卻慢慢地撥開他的手，完全轉身離開他；是他走近她並用雙臂從她後面抱住她胸口，她才不得不止步站定，但表情和動作都不帶鼓勵，雖然沒有硬行掙脫國王的擁抱。奧立弗設計的演出顯然暗示葛楚德心理上已經意圖拒絕克勞狄士，可是在實際生活中無法擺脫他的掌握。

本來原劇接下去就是雷兒狄斯帶了一批不法徒眾衝進王宮，對克勞狄士叫道「你這萬惡的奸王！還我的父親來！」因為這個衝動的青年人來勢洶洶，顯然他的樣子可能威脅到國王的安全，所以此時葛楚德上前一把拉住雷兒狄斯，不讓他接近國王——多數版本並未注明要有此動作，但劇中有國王這麼一句話：「放了他，葛楚德；不要擔心他會傷害我的身體，一個君王是有神靈呵護的……」雷兒狄斯率眾闖宮的一幕被奧立弗刪減了，所以葛楚德護著國王的那個動作也就不必在電影中演出，否則它會抵消了前述象徵動作的功能。

奧菲麗亞的尊嚴

在電影裏，雷兒狄斯出現在廳中與國王交談，王后在場。這位急於想知道他老父去世的實況的年輕人，雖然言辭激烈，但生氣的味道多於當場發作的危險。他見到精神狀態不太正常的妹妹進來時，情緒當然很激動，因此稍後單獨和國王在一起時，很容易就被國王說服，願意共謀除掉居然能從國外安返丹麥的漢姆雷特。但是廳中一幕最值得我們注意的奧立弗詮釋重點是奧菲麗亞。

她進入廳中又說又唱，幾行詩歌的聲調淒苦無力，也沒有人聽得明白；她分送不同的花給在場的哥哥、國王、王后，然後向他們說「上帝和你們同在！」就徐徐地步出大廳——這時奧立弗指揮的鏡頭照著倚在門旁牆上的奧菲麗亞，一個手臂擡起扶著牆壁，頭側向鏡頭使我們能看清楚她面部表情，甚至她的眼神。她沉思片刻，表情和眼神代表完全的清醒和有自我意識的神氣，然後整個身體以一種打定了主意的姿態揚長而去。奧立弗的詮釋可以說是非常清楚：這時刻奧菲麗亞的精神狀態完全正常；王子早已離開了她（她顯然不知道王子已回到丹麥），她對他心懷歉意；父親死得不明不白，但哥哥回來了，關於父親身後的事她就不必顧慮甚麼了；在這個無所寄託的人間，沒有甚麼可以使她留戀的，於是她決意走了。奧立弗沒讓她糊裏糊塗的掉在溪流中溺斃，他給了她一種自殺的尊嚴。

葛楚德的尊嚴

原劇最後一場戲（第五幕第二場）漢姆雷特和雷兒狄斯比劍，漢姆雷特擊中一次時，國王叫暫停，把剛才公開展示過的價值連城的珍珠置於酒杯中，祝他健康：

國王：把這一杯酒給他。

王子：讓我先賽完這一局；暫時把它放在一旁。來。（二人比劍）又是一劍；你怎麼說？

雷兒：我承認給你碰著了。

國王：我們的孩子一定會勝利。

王后：他身體太胖[11]，有些喘不過氣來。來，漢姆雷特，把我的手巾拿去，揩乾你額上的汗。王后爲你飲下這一杯酒，祝你的勝利了，漢姆雷特。

王子：好媽媽！

國王：葛楚德，不要喝。

王后：我要喝的，陛下；請您原諒我⑫。

國王：（旁白）這一杯酒裏有毒；太遲了！

在國王把珍珠置於杯中的那一刻起，奧立弗的鏡頭每一次照葛楚德的時候，就見她側著頭注視那個杯子，神情是在想事情，好像她看到的那個杯子有甚麼秘密，她不斷的揣測，後來她那種懷疑的表情在她舉杯時似乎完全消失，我們看到的是「不管怎麼樣，我非喝不可」的決心。國王急著要她不喝，她卻說「我要喝的，陛下；請您原諒我。」從葛楚德注視杯子的神情，由懷疑到決心的樣子，最後幾乎是一飲而盡，很明顯的可以認爲奧立弗是安排她已猜透了克勞狄士要以毒酒害死她兒子的鬼計；可是她喝下酒以後，並不立刻聲張，一直到別人的十二行對白講完，雷兒狄斯偷襲漢姆雷特，兩人再爭鬪，漢姆雷特把雷兒狄斯的劍打在地上，並踩住它，再拾起，發現不是比賽用的鈍劍，這時葛楚德才毒發倒下，卻又等別人的七行對白後，她才勉強道出「那杯酒，那杯酒——啊，我的親愛的漢姆雷特！那杯酒，那杯酒；我中毒了（死）。」葛楚德要救兒子，卻不能指著酒說它有毒，必須提出證據，於是她決心把自己當試驗品，飲酒之後拖下去、撐下去，直到毒發，知道自己必死無疑，才說出她的發現。這樣才套住了克勞狄士，令他無法脫罪。同時，她死在雷兒狄斯說明王子已中劍毒必死的貞象之前，所以可以說她死的時候有救了兒子的那份滿足和安慰的心情。在奧立弗導演之下，從葛楚德拒絕克勞狄士的象徵動作，發展到以身試毒酒，以母親護子的偉大犧牲去結束罪孽的一生——奧立弗給了葛楚德最後的尊嚴。

國家民族的尊嚴

挪威王子攻打波蘭勝利班師，大軍經過丹麥時正逢英國專使到達丹京，挪威王子下令放禮炮致敬。入宮後，他發現丹麥皇室已被消滅，局面悽慘，只有丹麥王子的好友霍瑞修像是以代表人的身分準備向他說明事變的原因及經過詳情。於是挪威王子要霍瑞修就開始講，並要「所有最尊貴的人」都來一起聽；他自己並說「我在這一個國內本來也有繼承王位的權利，現在國中無主，正是我要求這權利的機會」。漢姆雷特在死前告訴霍瑞修他支持挪威王子被推舉為丹麥新王；此時霍瑞修也就告訴他說漢姆雷特的意見是可以影響許多人的。

絕大多數批評家對於莎士比亞安排挪威王子來重建丹麥沒有提出甚麼意見，好像孚廷勃拉斯來做丹麥國王是想當然的事。只有 Elearor Prosser 表示對挪威王子沒有信心⑬，顏元叔認為這樣的安排怕連莎士比亞本人都不太甘心情願的⑭。

至少這些問題值得討論。我們所知道的孚廷勃拉斯是一個辦事很衝動的人，一個招募不法徒眾的王子，他愛冒險打仗，不計後果；漢姆雷特中意他，只因他沒有漢姆雷特自己的缺點（遲疑、被動），可是漢姆雷特最欣賞的人卻是情感和理智平衡的霍瑞修，所以他在彌留之際竟投挪威王子一票好像有點神志不清。不過莎士比亞既然做了這樣的安排，想必有他的道理。

挪威王子在丹麥的國土上，在並未知道丹麥皇室滅亡之前，下令放禮炮歡迎英國來使——這是喧賓奪主。攻打波蘭勝利沖昏了頭，神氣活現的來這麼一招，倒是頗合他個性的。說他不懂外交禮儀，是理論；說他使用政治手腕，以氣勢壓人，也說得通。說漢姆雷特已經投了他一票，會影響許多人跟進，這也許是事實。可是就憑挪威王子一句話「我在這一個國內本來也有繼承王位的權利」就認爲這是莎士比亞的交代，豈不令人會覺得這交代未免太草率。漢姆雷特王子爲了消除丹麥的政治汚染和重整道德秩序，死了七個人，連自己的性命也陪進去，完成了驚天動地的大事，留下來的殘局竟會讓外國人來收拾，會不會這樣的安排是莎士比亞的極重大的反諷，或是漢姆雷特悲觀意識的迴光返照？

外國人來當丹麥的皇上，會不會傷害丹麥的尊嚴？或說中古時期北歐和歐陸濱海地區各民族互犯，卻也並存；各民族之間通婚共事一主，在史書上也見過。但莎士比亞作品之中用英國歷史背景總以他自己的時代的精神爲主導，就是「維持法統」、「英國的榮譽第一」；

以外國歷史爲背景的作品，其中「法統」觀念也是指標。我們都記得丹麥人的老祖先是海盜出身的挪威的維京人（the Vikings）。孚廷勃拉斯類似挪威的年輕流氓老大，他來統治丹麥，莎士比亞要我們怎麼想？

再說，漢姆雷特一句遺言加上孚廷勃拉斯的自說自話就定了大局一事，我從未讀到任何學者的論文對它提出疑問，大家都把它視爲必將成爲事實的一件事而不去談它。*Measure for Measure* 一劇終場前，公爵兩度向依莎貝拉求婚，劇本裏這一段並沒有依莎貝拉的臺詞，也沒有舞臺指示要依莎貝拉採取某一姿態以表示她的反應，但許多批評家根據他們所認定的戲劇類型或其他理由居然視依莎貝拉接受公爵的求婚爲必然。我覺得這些批評家沒有善用莎士比亞給他們的自由。《漢姆雷特》的一些批評家似乎也犯了同樣的毛病。不過話要說回來，我可能一時忘記了舞臺演出的立即效果！

奧立弗的電影演出當然會產生舞臺演出一樣的或較之更強的立即效果，可是他開拍前就決定刪除挪威王子，那麼當然在最後一場戲裏沒有孚廷勃拉斯出場，誰來收拾殘局重建丹麥的問題已不存在，使《漢姆雷特》這複雜的悲劇變成較爲容易處理的比較單純的一個皇室家庭悲劇，也因而使《王子復仇記》這個劇名翻譯顯得相當貼切。

奧立弗飾演的王子漢姆雷特猛刺克勞狄士數劍後，一直到電影結束，值得特別提出的幾個特寫鏡頭如下：

㈠王子體內毒發，站立不穩，半跌半爬的坐到國王座椅上，象徵他把欺佔王位的叔父剷除後，成功的繼承了丹麥的皇統。

㈡霍瑞修跪在王子旁，聽他說話，看他斷氣，說送行的祝福詞。

㈢霍瑞修站起來，轉向聽眾，手扶國王的座椅，開始向大家講話，象徵他成了丹麥領導階層的代表，將來由他來收拾殘局。

㈣原來挪威王子結束全劇的九行臺詞，改成霍瑞修的話。由霍瑞修來講全劇的最後臺詞更加強了霍瑞修是收拾殘局的適當人物的說服力。

㈤全劇最後一個舞臺指示是所有的屍體被擡離現場。在電影裏，鏡頭照著王子屍體被四個軍人擡著，由城堡平面沿石階一步一步的往城堡高處擡，鏡頭一時轉入我們第一次看到王子的議事大廳，特寫那張王子坐的椅子，空空的，鏡頭再回到王子和軍人。鏡頭最後轉到他們往上走的前面，特寫城堡最高平臺，就是漢姆雷特父王的幽靈和王子單獨會面之處。這一路往上擡，最後擡到最高的地方的設計顯然是配合霍瑞修送行的祝福：「晚安，親愛的王子，願成羣的天使們用歌唱撫慰你安息！」

奧立弗撤換挪威王子，以丹麥王子最佩服的霍瑞修飾演丹麥的最後發言人，站在最具王權象徵的地方指揮全場，可以說是維護了丹麥的尊嚴。奧立弗的電影固然不是莎士比亞劇本的翻版，可是主角漢姆雷特王子仍舊保全了他那偉大的悲劇英雄的形象。

（本文發表於《中外文學》七十六年四月號）

注釋

❶ 八卷十期郭博信：〈哈姆雷特的心路歷程〉
八卷十期姚一葦：〈哈姆雷特中的「鬼」〉
八卷十期黃美序：〈讀莎士比亞劇本最好糊塗些〉
八卷十一期陳祖文：〈莎劇深意常隱在詩的底層〉
九卷二期朱立民：〈漢姆雷特一劇中鬼和王子復仇問題〉
十二卷十一及十二期顏元叔：〈哈姆雷特的評論〉
十四卷十一期朱立民：〈幽靈・王子・八條命〉

❷ 本人在〈幽靈・王子・八條命〉一文結束前引用 Helen Gardner 一番話也適合在此再提：「對

於劇中人物和他們的命運加以分析，認為自己的評論是完整的，再也沒有別的話可說的了；這樣的結論破壞了莎士比亞悲劇經驗的精髓。莎士比亞悲劇經驗的精髓是在它顯示給我們一個內外都有危險的世界，充滿了極度的惶恐與困惑；在這樣的一個世界裏，人進入自己去發現了原不自知的自己，那種能為善又做惡的性能；遭遇一個世界，在其中原以為是確定的事物，會崩潰，並發現人生重大深奧的各項問題，在劇終時，劇中人和觀眾都無法提出適切的解答。」

❸ 引用原劇時，指一九八二年 Harold Jenkins 編注之阿頓版《漢姆雷特》。引用中譯時，指朱生豪譯本（河洛圖書出版社）。若用其他譯本，另行注明。但若干人名之翻譯曾加修改，如哈姆雷特改為漢姆雷特，霍拉旭改為霍瑞修，福丁布拉斯改為孚廷勃拉斯等等，均求更接近原名之發音。名字的中文化也常是重譯的重要原因，如喬特魯德（Gertrude）改用梁譯的葛楚德，羅森格蘭茲改為羅森綱。

❹ John Dover Wilson, *What Happens in HAMLET*, pp. 101-114.

❺ 奧立弗的聲音："This is the tragedy of a man who could not make up his mind."

❻ 此段小標題「第五獨白的新定位」的第五獨白在以前學者指稱時都說成第四獨白。他們或許是因為第一幕第二場結束時漢姆雷特的獨白臺詞只有四行，太短，不算獨白，其實這四行是不折不扣的「獨白」，因此"To be"等詩行應編為第五獨白。"To be, or not to be"朱生豪譯為「生存還是毀滅」，梁實秋譯為「死後還是存在，還是不存在」並加注，都不傳神；希望能有更好的建

議。據說有一種日語的翻譯回歸英文成爲 "Shall things go on as they are?" 在意思上和原句接下去的四行好像相當接近。日語翻譯的一點資料見 *Shakespeare Quarterly* 三十七卷四號（一九八六年冬季號），James Shapiro 著 "Hamlet in Tokyo" 一文最後一段。該文提到導演如何在「尼姑庵」那場戲裏一方面用代表王子的木偶呈現他厭惡她的面貌，一方面飾演王子的演員的表情是同情她和愛她的——這一安排和奧立弗的電影有異曲同功之妙。

❼ 書名見❹，頁一四四～一六三。威爾遜在此處的討論也提到若干不同的意見。

❽ 原譯文「你不是要殺我嗎？」語氣不對，「嗎」應爲「吧」。

❾ 見《漢姆雷特》阿頓版，頁三一八的第三幕第四場第一個注釋。除編者指出的兩個地方之外，第四幕第一場三五行也有 his mother's closet。

❿ 《中外文學》十四卷十一期，頁二三❺，或本書頁五四❺。

⓫ 原文 fat，Jenkins 注明是流太多汗的意思。

⓬ 漢姆雷特稍後對母后說的一句話「我現在還不敢喝酒；等一等再喝吧。」我記得在電影裏是刪掉的，否則和奧立弗的設計會衝突的。

⓭ Prosser 書名 *Hamlet and Revenge*，一九六七年出版。論挪威王子統治丹麥非適當人選，在頁二三五～二三七。該書已於一九七一年出第二版，有關論述見頁二三九～二四〇。

⓮ 見《中外文學》十二卷十一期，頁八〇～八二。

漢姆雷特的終極靈感

《漢姆雷特》一劇將近結束的時候，王子被雷兒狄斯以毒劍刺中，霍瑞修眼看他活不了多久，自己也想隨友而去，但王子卻要霍瑞修活下去替他洗刷罪名，因爲當時宮中所有在場人士親眼目睹漢姆雷特王子殺了克勞狄士，大家嚇得大喊反了，反了，除了霍瑞修外，沒人明白爲甚麼會慘死這麼多的人，王子爲甚麼要犯弒君之罪。

漢姆雷特身受致命傷，在彌留之際想到的事只是他死後的聲譽，丹麥王位繼承人的問題不在他腦海中。可是就在這時刻，宮外傳來軍隊行進聲，又有炮聲隆隆，旋經侍臣奧斯利克說明那是挪威王子孚廷勃拉斯率領大軍從波蘭凱旋，道經丹麥，巧逢英國使臣來到，挪威王子下令鳴炮歡迎。

由此可見，顯然是挪威王子和挪威大軍意外的在丹麥王子嚥氣之前一刻出現，刺激了漢姆雷特使他突發靈感，喘著在他斷氣之前對霍瑞修說「我預料孚廷勃拉斯會被推舉爲王，我以最後一口氣投他一票。」

攸關丹麥國家前途如此重大的一項抉擇，出自於臨死的丹麥王子之口，竟然是一樁偶然事件所引起；丹麥王國突然又和孚廷勃拉斯扯上了關係，看來眞像是漢姆雷特彌留之際冒險使用的補救之道。我們想瞭解在劇終時孚廷勃拉斯突然出現的原因及其後果，似乎應該再仔細研究一下莎士比亞的劇本。

現代版的《漢姆雷特》最重要的根據是一六〇四年的第二版四開本和一六二三年的第一版對開本。在這兩種最可靠的腳本中，都只有兩個場景的臺詞提到挪威王子（依現代版的分幕分場的安排是在第一幕的第一場和第二場），孚廷勃拉斯本人出現的也只有兩場（第四幕第四場，第五幕第二場）。

第一次提到孚廷勃拉斯是霍瑞修，他正和守夜的軍官在城堡上談話，等著幽靈的重現。霍瑞修說孚廷勃拉斯這個年輕人❶：

> 血氣方剛，在挪威邊疆嘯聚了一羣亡命之徒，每日酬以三餐，鼓動他們大膽妄爲；他的用意——我們的朝廷早已明白——無非是想用強硬手段和威脅的條款恢復他父親喪失了的領土。（梁譯）

霍瑞修和漢姆雷特都沒見過這位挪威王子，所以說這小伙子血氣方剛，容易動氣，脾性放縱，是大家都熟知的傳聞。莎士比亞讓性格四平八穩的霍瑞修用「血氣方剛」等字形容他，無非是特意強調他的暴烈傾向。第一幕第二場丹麥新王克勞狄士說孚廷勃拉斯「一再飛書不斷要求我歸還他的父王依約割讓給丹麥的一些領土」，言下之意說他形同耍賴。

挪威王子雖然野心勃勃，於丹麥先王在世的歲月裏顯然把內心的復仇之火硬生壓住，而老漢姆雷特去世的消息傳開後不久，孚廷勃拉斯迅即開始他的反丹行動。一方面施展書面的壓力，另一方面招兵買馬以爲進逼丹麥的後盾，因爲他認定丹麥老王駕崩，社稷必然瓦解，他可乘虛而入。但他沒料到他的對手克勞狄士竟會用外交手腕找上了他的親叔父，也就是挪威當今的國王。丹麥新王派往挪威的使臣回到丹京向克勞狄士報告說，挪威王

叫我們向陛下傳達他的友好的問候。他聽到了我們的要求，就立刻傳諭他的侄兒停止徵兵；本來他以爲這種舉動是準備對付波蘭人的，可是一經調查，才知道他的對象原來是陛下；他知道此事以後，痛心自己因爲年老多病，受人欺罔，震怒之下，傳令把孚廷勃拉斯逮捕；孚廷勃拉斯並未反抗，受到了挪威王一番申斥，最後就在

他的叔父面前立誓決不興兵侵犯陛下。老王看見他誠心悔過，非常歡喜，當下就給他三千克郎的年俸，並且委任他統率他所徵募的那些兵士，去向波蘭人征伐；同時他叫我把這封信呈上陛下，請求陛下允許他的軍隊借道通過陛下的領土，他已經在信裏提出若干條件，保證決不擾亂地方的安寧。（朱譯）

換言之，年老多病的挪威王相當順利的控制住了野侄兒攪局。他不但查出孚廷勃拉斯的侵略攪錯了對象，而且確認早年挪威老王和丹麥老王之間決鬪的國際協定繼續有效，也就是說讓出的土地根本不成問題。至於侄兒被壓抑的抗爭情緒和精力的宣洩方向則由丹麥導向波蘭。老叔父處理國家變局和國際情勢的同時，暴露了孚廷勃拉斯爲人處世方面若干嚴重問題：(1)個性驕縱，任性妄爲；(2)對他英勇如豪俠的先父先王的英靈心存不敬；(3)對自己應該效忠的叔父國王犯了欺君之罪，而且陰謀手段粗糙，不講道義。關於挪威王子這種道德方面令人不齒之處，在第二幕第二場開始不久，我們就知道了。我們也可以認爲漢姆雷特也已經從各管道認識了孚廷勃拉斯是怎麼樣的一個王子。

以上是霍瑞修和克勞狄士和丹麥使節口中所描述的孚廷勃拉斯。這位被申斥的，可同時也被加了油的挪威王子，在第四幕第四場的戲裏，親自上場了——距離丹麥使臣從挪威回國向克勞狄士報告交涉結果的臺詞達一千五百行以上（約全劇百分之四十一的篇幅之後）。這一場戲在一六二三年第一版對開本裏只有短短八行（梁譯如下）：

孚　：營長，你去向丹麥國王致敬；告訴他孚廷勃拉斯根據前次的允許，現在要率兵在他境內穿行。會合地點你是知道的。假如有事待商，我可前去覲見。把這意思轉達給他知道。

營長：遵命。

孚　：慢慢前進。

自第二幕第二場六〇至七九行（阿頓版）提到孚廷勃拉斯之後，在接下去的一千五百多行的戲裏，他就好像完全消失了，而如今在第四幕第四場突然短暫出現，這樣的安排似乎是在提醒觀眾，戲中尚有這麼一個角色，因而全劇將落幕時他又突然出現，不至於使觀眾覺得此事會發生是不易置信的，最多只是覺得有點意外罷了。

有些批評家急切的想證明孚廷勃拉斯是當國王的適當人選，他們特別指出第四幕第四場中這位戰將的言談成熟得體，他的表現與以前傳聞的令人厭惡的作風大不相同。但我們必須注意以前的他和現在的他，在心情上完全是兩回事。以前他蠢蠢欲動而不得動，箭在弦上不能發，逼他按捺住性子，這有多難受！如今則是光明正大的奉命出征波蘭（只要有仗打，那兒都行的味道），壓抑的心胸得以完全解放，他那種特殊的榮譽感得到相當的滿足，手也鬆了，氣也消了（《羅米歐與朱麗葉》裏的狄包特的運氣就沒爭廷勃拉斯的好）。當今的挪威王子在心理上和實際行動上都能很泰然的對大軍通過的領土之君王給予應得的禮數，所以說他的言詞也不過是客觀環境下自然流露的普通客套而已，不足爲奇。況且，挪威王子雖然說必要時他「可前去覲見」丹麥國王，事實上他只派了一個軍官代表前去，好像給人一種印象：他並不很想去見一個他抗爭過的丹麥王，在外交上把他打敗過的人，使他在叔父面前丟過臉的人。說爭廷勃拉斯在這一場的表現似乎是成長了，成熟了，實爲言過其實；從軍閥變爲紳士，只是表面現象，不足爲信。

在一六〇四年第二版四開本《漢姆雷特》裏，第四幕第四場卻長達六十六行，比第一版對開本多了五十八行。挪威王子和他的軍隊在第八行後離開戲臺，留下的是挪軍的營長，屆時漢姆雷特、羅森綱、吉爾敦士頓，及若干隨從上；漢姆雷特正由他兩位同學護送（其實是押送）準備登船赴英國，名義上是催貢。漢姆雷特和挪軍營長有一段談話，漢姆雷特從中得知開往波蘭的挪軍，其目標不過是「一塊徒有虛名並無實利的小小的土地」（梁譯）。接著，舞臺上只剩丹麥王子一人，他發表了那著名的三十五行獨白「怎麼一切情形都在鼓勵我，刺激我的遲鈍的復仇之念！……」（梁譯）

就第二版四開本相當長的一段臺詞截去一事（第一版對開本只剩八行如前述），G. B. Hibbard 教授的意見與很多學者都相同，大意是說那些臺詞被刪去是頗有道理的，因爲雖然它們提到戰爭及作戰原因，延展了悲劇涵蓋的範圍，但對於劇情發展並未起作用，也未透露任何有關漢姆雷特的新消息或他有甚麼新的心事。在第三幕第二場和第四幕第四場之間固然發生了不少事，可是王子本人並無變化。他的三十五行獨白只不過是承認自己失敗的自白，簡述了我們已看過的有關劇情。至於他再下決心要積極的去幹，那些話引不起觀眾的信心，因爲我們早已聽過他這種話，而且早些時候他採取行動的機會比目前要強得多[2]。王子立刻就要被強行押往英國，遠離丹宮，還說甚麼「從今以後我要把心腸狠起，否則便是一個沒有用的東西！」（梁譯）

可是王子的那段獨白對本文而言有其重要性，因爲它表示了漢姆雷特對孚廷勃拉斯的再認識，對他有進一步的評價（與漢姆雷特的遺言形成一種矛盾關係），構成我們研究這兩位王子的重要資訊。

漢姆雷特感慨的自言自語：「看看這隊兵，有這麼多的人數，這樣大的餉糈，統率的卻是個柔弱的王子，他的雄心勃發起來，便不惜向那不可知的結局獰笑；那怕僅僅爲了一個雞蛋殼，也敢挺身而出，不避命運，死亡，危險。非有大事當前，不輕舉妄動，這誠然是偉大了，但是名譽攸關的時候，雖一根稻草都要力爭，這也正是偉大，我自己怎樣呢，父親被殺，母親被汚，於情於理，憤憤難平，卻隱忍昏睡，看這兩萬人爲了一點點虛幻的騙人的名譽，竟視墳如床，拼命效死，所爭的那塊地方還不夠做雙方用武之地，還不夠做陣亡將士的埋葬之所，我能不慚愧嗎？」（梁譯）「柔弱的王子」原文是 a delicate and tender prince，朱生豪譯成「嬌養的少年王子」較達意。

孚廷勃拉斯遠征波蘭的終極目標只是一塊小小的不毛之地，而他的動機是要滿足他那種特殊的榮譽感，爲了他個人的「榮譽感」，他願意驅使兩萬人去犧牲他們寶貴的性命。但孚廷勃拉斯這時表現的武勇卻使漢姆雷特僅僅聯想到「稻草」，「蛋殼」，「幻想」，「虛名」。丹麥王子這一番感慨的話顯示他認識的挪威王子只不過是一個頑強的職業軍人而已；而他自己在不久的將來的某種情形之下一時衝動，居然會推舉孚廷勃拉斯爲繼承丹麥王位的人選，眞是難以令人置信。

孚廷勃拉斯在劇中扮演一個烘托漢姆雷特的角色，劇中呈現的挪威王子當然不是丹麥王子的模範。他們兩人的氣質完全不同，思考方式截然不同。前者是行動者，主意既定，就要投入、實踐。後者是思考者，考慮再三，決而不行。但他們兩人最主要的區別來自各人父王駕崩情況之不同，以及爲人子者對此等事故的反應之相異。

孚廷勃拉斯的父親，挪威老王，是在一場兩國官方正式安排的生死決鬪中被漢姆雷特的父親，丹麥老王，打敗而喪命的；該項協議並且規定敗亡者割讓若干領土給決鬪中的勝利者。丹麥老王在這場個人對個人的決鬪中雖然戰勝，但後來卻被他弟弟克勞狄士下毒害死；克勞狄士所犯的罪是弒兄又弒君。丹麥王子漢姆雷特在倫理上該報殺父之仇，在君臣的法定關係上亦該當把弒君者繩之以法（劇情安排是由漢姆雷特亡父的鬼魂暗中告知漢姆雷特先王的遇害經過，所以王子不能以鬼魂的說詞在朝廷上證明有這麼一樁弒君案，報仇一事必須另行設法），而挪威王子孚廷勃拉斯則欠缺如此充分的理由或藉口。

孚廷勃拉斯的父王在一場生死決鬪中戰敗，這是騎士時代英雄式的光榮犧牲，他的兒子顯然不認爲如此；割土一節是依約定辦理，他的兒子也不予承認。孚廷勃拉斯根本沒有任何合法合情合理的根據去向丹麥抗爭，這一點是他叔父，也就是當今的挪王，所充分瞭解的，而且是依據此等瞭解來處理孚廷勃拉斯騙人欺人的勾當的。挪威王子對丹麥的侵略動機一開始就是「不名譽」的陰謀，幸虧有一位明理的叔父爲他擺平了莽撞的糗事。我們清楚的看到孚廷勃拉斯隨後的波蘭之戰並沒有改進他，只是事實證明他的目的自私，他的能力局限於軍事，而且以數以萬計的軍人的性命去賭一小塊不毛之地的這種行徑，是否與所謂的榮譽感扯得上甚麼關係，豈非莫大之疑問?!

最近以伊利莎白時代宗教背景爲角度研討「漢姆雷特悲劇」的著作認爲：假若漢姆雷特王子眞是像我們衷心所期盼的那麼崇高和値得敬仰，那就難以解釋他爲甚麼提名孚廷勃拉斯爲他的繼承人。孚廷勃拉斯的雄心膨脹，居然在背叛了他的國王之後，得到一個機會掌握了丹麥。他在最後一場戲結束時出現，與第一幕出現的鬼一樣身穿甲冑——他不但行動如撒旦，模樣也像它[3]。也有人說，丹麥從此前途無望，因爲如今治理丹國的人是孚廷勃拉斯；他過去所作所爲不能保證他會成爲一個以和平與安定爲首要任務的平和節制公正的統治者[4]。

腳本上文字的描述與字裏行間及劇情發展中可得之間接訊息，縱使已能表示孚廷勃拉斯當一國的領袖的條件完全不夠，卻仍有不少學者批評家試圖爲漢姆雷特臨終時推舉挪威王子繼承丹麥王位的失策一事竭力辯護。Roland M. Frye 教授認爲漢姆雷特的選擇受到限制，因爲劇中人物可以成爲候選人者本來就很少[5]。對他的意見，可以提出兩個問題：一是他的口氣似乎說漢姆雷特有的是時間去推敲，最後在少數候選人之中確定了挪威王子；事實上，按照劇情，漢姆雷特沒有時間推敲，可以說根本沒想到由誰來繼承這回事。二是按說只有皇族血統的人才有資格當候選人，而漢姆雷特王朝在劇中的成員，如克勞狄士、葛楚德都已亡故，只剩漢姆雷特王子一個人，已在彌留狀態，劇中根本沒有人選了。這也可以說是丹麥王子彌留之際原來根本沒有想到王位繼承問題的一大原因。

所以 Frye 教授的說法在劇情結構上是可以成立的，可惜爲了強調他的「漢姆雷特別無選擇」的意見，竟接下去又多說了一些似是而非的話：「的確，即使在人口遠爲眾多的英美民主國家裏，原應可從濟濟多士的人才寶庫裏選出理想的最高領導，但我們常發現我們的選擇遠不如理想」❻。在這樣的時代錯置，制度迥異的情形下，比較和比喻似乎不倫不類。不過這位教授對丹麥王位繼承人的推選制度的說明，頗有參考價值。

丹麥國在莎士比亞寫作年代仍沿用「推選制度」，但莎士比亞懷疑他的觀眾是否知道有這個制度。另一必須注意的現象是：儘管劇情背景是外國歷史故事，但英國政府當局和戲院觀眾都自然會聯想到劇情影射當今英國的可能性。當時英國的帝王和貴族的關係是：一位世襲的帝王若變成暴君，可以用武力去抗爭和約束他，但不得廢其王位；可是對付推選出來的君王，則不受上述限制❼。我們都知道倫敦官方很注意腳本的登記和上演情形。在上演《漢姆雷特》一劇時，莎士比亞事先做了安排以防有關官署找麻煩；他按照劇本故事的出處安排克勞狄士是個推選出來的國王，並且在腳本內兩次使用「推選」一詞，一次是第五幕第二場開始不久，漢姆雷特對霍瑞修的談話，一次是漢姆雷特斷氣之前囑咐霍瑞修的一些話。推選制度的安排既符合丹麥王室的傳統，也給漢姆雷特王子又一個理由對叔父心懷敵意，爲的是克勞狄士乘虛而入「隔絕了我上承大位的希望」（梁譯）。因此，至少根據丹麥歷史上的政治傳統而言，在「漢姆雷特悲劇」結束時，丹麥新王選自漢姆雷特王朝以外的人是「合法的」。

然而當時各劇團和劇作家既然謹愼的配合倫敦有關單位，必然注意到孚廷勃拉斯是「外國人」——會不會有問題？如果從歷史上看，似乎應該沒有問題，如某一百科全書記述下列史實：

(一)十一世紀丹王 Magnus 一世是挪王奧拉夫之子；丹王 Magnus 本人亦有一段歲月是挪威之王。

(二)十四世紀瑪格麗特曾是丹麥挪威瑞典聯合王國攝政王。

(三)丹王 Christian 一世（一四四八至一四八一年）於一四五〇年被推選爲挪王，次年又被推選爲瑞典王[8]。

此等史實可以說明：在劇情裏，丹國的漢姆雷特王朝和挪國的孚廷勃拉斯王朝兩方面的成員在從前有過複雜的血統關係，對於明白或記得挪丹歷史上互動關係的人，確是一樁可以想像、可以相信的安排。因此，孚廷勃拉斯雖然不是丹國人，在他體內卻流著挪丹雙方皇族的血液，這就使他成爲一個可以接受的丹王人選。

不過理論上可以成立的「漢姆雷特」結局，仍不能令某些學者批評家滿意；他們似乎總覺得傷了感情。譬如 Eleanor Prosser 教授就指出「漢姆雷特的復仇行動造成兩個家庭全部成員的毀滅和整個國家淪亡予一個外籍冒險家之手……按劇情早期的發展，他並沒有甚麼繼承的權利」❾。Philip Edwards 教授解釋孚廷勃拉斯所謂的 "rights of memory"（新劍橋版五幕二場三六八行）爲「古老的權利」，但隨即在括孤內打了個問號，接下去寫道「我們不曉得是些甚麼權利。我們曉得的是現在丹麥的御座給了一個外國人，此人在劇本剛開始的時候是預備用武力去取得那個御座的」❿。

易言之，歷史歸歷史，有些學者仍舊抱怨莎士比亞在劇本裏，有關挪威王子孚廷勃拉斯有權利、有身分被推舉爲丹麥之王一節，並無交代，除了孚廷勃拉斯自己的那含糊不清的「古老的權利」說詞，和漢姆雷特提名孚廷勃拉斯這兩點，而這兩個關鍵人物的話，聽起來都像是事情發生以後才想起來的表態。戲中情節既然有此類疑問，莎士比亞爲甚麼安排丹麥王子選上挪威王子呢？是不是借此來證明漢姆雷特對羅森綱與吉爾敦士頓的那句話「丹麥是個監獄」（阿頓版二幕二場二四三行）？還是要證實我們對孚廷勃拉斯的懷疑，他來當丹麥國王只會把「哀新諾」⓫變成他的軍事總部？

Martin Dodsworth 教授在 *Hamlet Closely Observed* 這本書逐行逐句的觀察和評論「漢姆雷特悲劇」，但對於漢姆雷特的臨終遺言卻只說了這麼一句不太負責任的話，他竟說：漢姆雷特臨終遺言給了孚廷勃拉斯足够的分量使我們對他的權利不去表示懷疑。Dodsworth 認爲孚廷勃拉斯是在漢姆雷特的祝福聲中進來的——這才是最重要的考慮⑫。換句話說，這位教授要我們相信漢姆雷特是不會錯的，我們不必去懷疑挪威王子來當丹麥王的權利。Dodsworth 自己「密切觀察」漢姆雷特的一舉一動，卻不贊成我們對挪威王子的繼承權的這種完全正常的觀察和質疑，深恐這種質疑會連累漢姆雷特，因爲漢姆雷特臨終時有關推選丹王的遺言會引起一些困窘的疑問。

假定我們放棄質問孚廷勃拉斯的繼承權，他的國籍可能形成的問題仍待研究。伊利莎白女王主政的時代是英國國力急遽擴張的時代，英國臣民愛國精神大爲高漲。當時，不管觀眾還是政府當局都很自然的把《漢姆雷特》一劇的丹麥背景透過英國鏡頭去觀察和感受，因此，國家的認同仍是一個不得不面對的課題。也就是說，提名一個原來就不友善的異國王子來接收本國，會令人驚愕不止，甚至激起公憤。

還有一點特別值得注意的事情是：在《漢姆雷特》劇本故事的原出處裏並沒有孚廷勃拉斯這個角色，他是莎士比亞發明的一個人物⑬。我們猜測劇作家創造挪威王子的用意不止是為了加一個新角去烘托丹麥王子，必然另有更重大的理由去這樣安排，因爲劇中本來已有雷兒狄斯反襯漢姆雷特也就夠了，何況第二幕第二場還提到羅馬史詩中的 Pyrrhus 也是報殺父之仇的英雄，因此在劇中再引進孚廷勃拉斯加強雷兒狄斯和 Pyrrhus 的反襯陣容，可能分散注意力。不過劇中出現第三個王子，他也要去報殺父之仇，當然形成和漢姆雷特平行的情況，並予以強化，同時理論上又提升了劇本的中心主題的復仇意識，可是實質上的效果似甚微弱，因爲孚廷勃拉斯臺詞太短，上場次數又少又間隔時間太久，根本留不下多深的印象。劇中人物提到他的時候，或他親自上場的時候，他表現的戲劇功能不是扮演一個活的角色，而只是擺在臺上的一個無情無義的典型職業軍人的符號——清清楚楚，不會攪錯，不想看也不行，這樣子的一個符號。

對於漢姆雷特王子的悲劇懷有強烈或濃厚興趣的許多人或許對他都有矛盾情結，或者景仰和同情之心超過遺憾與排斥之感。莎士比亞的悲劇和歷史劇多以恢復秩序爲結束，視此爲當然的劇情結局是一種傳統的看法；如果我們同意這看法，那麼就《漢姆雷特》來說，在最後血腥場面之餘，難以不認爲孚廷勃拉斯恰好是壓制可能爆發的混亂局面之「理想」人物；當時情形可簡述如下：

㈠王后葛楚德死於毒酒（阿頓版五幕二場三一六行）。

㈡漢姆雷特以雷兒狄斯之毒劍刺中克勞狄士國王，在場人士驚叫「反了！反了！」不明所以（三二八行）。

㈢國王駕崩（三三二行）。

㈣雷兒狄斯身亡（三三六行）。

㈤所有在場與打殺無關的旁觀者嚇得臉發白，身發抖，大家因恐懼與驚愕而癱瘓（三三九至三四〇行）。

㈥剛才在眾人之前弒君的漢姆雷特，向來是眾望所歸的王子，不久也斷了氣（三六三行）。

㈦如今整個朝廷眞的瓦解了。

想控制住無法預料的突發情況，想給霍瑞修時間和機會向大家解釋剛才發生的慘變的原因和眞相，看起來當時的情勢的確需要一個「強人」站出來。劇尾的急遽的，猛烈的，曖昧的劇情發展，像是需要宣佈戒嚴令才能使局勢安定下來。宣佈戒嚴，實施軍事獨裁——這才眞是對了孚廷勃拉斯這樣的殘忍的職業軍人的胃口。

丹麥王子漢姆雷特，主角，眞正的復仇者，既然死了，戲也該快結束了，而且應該以最經濟的方式結束，以免強烈的悲劇感消失太快。就像 Dodsworth 教授所說，此時此刻「丹麥的國運沒得到多少關注」[14]，立刻要收拾的變局是剛剛被一場屠殺震撼得不知所措的哀新諾，所以莎士比亞安排孚廷勃拉斯與他的大軍在此關鍵時刻出現。這樣一個又方便又充滿了暗示的突然發展，自然給了即將嚥氣的漢姆雷特一個提示，那就是揀個現成的軍事強人來收拾殘局。

在我們充分瞭解了漢姆雷特最後幾分鐘生命裏遭遇到的困境，挪威王子在戲中的功能，丹麥歷史傳統允許有血統關係的挪威王室分子成為丹麥的統治者——在我們明白了這些狀況之後，還有一件事會給我們一些啟示，那就是在一八九七年以前，幾乎有兩個世紀之久，演出《漢姆雷特》時刪除了挪威王子孚廷勃拉斯這個角色[15]。也就是說，在那兩個世紀的《漢姆雷特》演出時，原來因為孚廷勃拉斯這個角色所引發的問題或困擾一概消失了。

從一八九七年開始，孚廷勃拉斯在戲臺上「復活」了大概半個世紀。在一九四八年，勞倫斯奧立弗在他編導演的「王子復仇記」電影裏，又恢復了那刪除挪威王子的老傳統。奧立弗把有關挪威王室的劇情徹底刪除，把腳本改編成丹麥王子個人的悲劇，最後下令以軍人葬禮向王子致敬的人換成他的朋友霍瑞修[16]。消除挪威關係的「漢姆雷特悲劇」，除了縮短原腳本上演的時間以符合一般演出條件外，確實而成功的避免造成一個諷刺、難堪的結局：漢姆雷特，經過了所有的煎熬以後，喪失了他的一切，他的性命和他的王國，而孚廷勃拉斯坐享其成，所得的比他起初想爭取的更豐碩。

Peter Hall 在一九六五年莎翁故鄉推出的《漢姆雷特》又重新加入了孚廷勃拉斯。據 Michael Hattaway 教授的描寫，漢姆雷特大笑而死，「只曉得這個世界，其秩序視混亂中偶然交換了雙方的劍刄而定，正如戲開鑼時他認爲世界是荒謬的那樣的荒謬」⑰。據 Peter Davidson 教授說，Peter Hall 視挪威王子爲「零缺點的軍事統治者，……我不會特別喜歡住在孚廷勃拉斯統治下的丹麥」。Davidson 在他書裏也提到一個英國學生劇團上演《漢姆雷特》，「落幕之前，孚廷勃拉斯登場，身穿卡其軍服，上綴德國納粹黨徽」⑱。

一九七○年代後期慕尼黑推出《漢姆雷特》，在結局時刻孚廷勃拉斯到場接收丹麥，就像一個香蕉共和國（想必是影射中南美洲小國）軍事執政團的將軍那個模樣，把他的髒鞋子往桌上一蹺，正是充分保證他的愚蠢無知的機能會繼續運作⑲。Terence Hawkes 教授也說「丹麥的命運就是由一個外國人來實施軍事統治」；他並補充說，第一幕所提及的戰爭（卽孚廷勃拉斯侵略丹麥計畫）雖然並未實現，但劇終時的結局卻和打過一仗一樣⑳。

加諸於挪威王子孚廷勃拉斯身上的希特勒影像，或其他任何極權獨裁者的影像，今後會繼續不斷的使用，只要「漢姆雷特悲劇」的演出導向是以諷刺爲終極效果。

所以我們可以下這麼一個結論：孚廷勃拉斯是我們同時代的代表人物。我們認出他這個人的源頭的那一剎那所感到的震撼是本能的反應，而且那個震撼影響了我們對漢姆雷特最後的評價。我們這樣的結論最能在《漢姆雷特》第二版四開本的安排中令人信服，但第一版對開本的《漢姆雷特》也已呈現了够多的孚廷勃拉斯與漢姆雷特兩人的互動關係。此等資訊已足以令讀者和觀眾據以判定丹麥王子之遺言差矣，挪威王子隨手接收丹麥以後的行動恐怕只會禍國殃民。

（本篇初稿用英文寫成，以“A History of Fortinbras”爲講題，發表於民國七十八年五月十三日高雄師範學院「中美莎士比亞研討會」。本篇爲初稿之整理，包括翻譯，修正，改寫，發表於《中外文學》十八卷十一期，民國七十九年四月。）

注釋

❶ 本文引用《漢姆雷特》劇本內臺詞之翻譯，凡用梁實秋譯文之處均注明梁譯，用朱生豪譯文之處均注明朱譯，但若干人名及地名酌予修改。凡未注明梁譯或朱譯之譯文則爲本文作者之嘗試。本文參考之《漢姆雷特》爲一九八二年阿頓版，Harold Jenkins 編注。

❷ G. B. Hibbard, ed. *Hamlet*, Oxford University Press, 1987, p. 362.

❸ Arthur McGee, *The Elizabethan Hamlet*, Yale University Press, 1987, pp. 172-173.

❹ Eleanor Prosser, *Hamlet and Revenge*, 2nd edition, Stanford University Press, 1971, p. 239.

❺ Roland M. Frye, *The Renaissance Hamlet: Issues and Responses in 1600*, Liverpool University Press, 1979, p. 345 腳注。

❻ 同❺。

❼ 書同❺，p. 265, pp. 356-357.

❽ William D. Halsey, ed. *Collier's Encyclopedia*, Macmillan, 1987, VIII, 114-115, and XVII, 675.

❾ 如❹。

❿ Philip Edwards, *Hamlet*, Cambridge University Press, 1985, p. 242 腳注。

⓫ 丹京城堡 Elsinore 朱譯爲「艾爾西諾」，似純爲音譯，並無含義。梁譯「哀而新諾」符合原音，我看它還略帶傷感或諷刺的味道，但「而」一字不像地名中的字，在發音上亦不重要。我乃以「哀新諾」爲 Elsinore 之譯名，保存了諷刺的意味，並接近原字發音。

⓬ Martin Dodsworth, *Hamlet Closely Observed*, The Athlone Press, 1985, p. 295.

⑬ Kenneth Muir, *The Sources of Shakespeare's Plays*, Methuen, 1977, p. 161.

⑭ 同⑫。

⑮ Oscar James Campbell, ed. *The Reader's Encyclopedia of Shakespeare*, Thomas Y. Crowell Co., 1966, p. 290.

⑯ 詳見本書〈勞倫斯奧立弗爲漢姆雷特整型〉一文，原刊於《中外文學》十五卷十一期（民七十六年四月）。

⑰ Michael Hattaway, *Hamlet* (The Critics Debate), Macmillan, 1987, p. 56.

⑱ Peter Davidson, *Hamlet: Text and Performance*, Macmillan, 1983, p. 65.

⑲ 一九八六年國際莎士比亞學會第三屆大會論文集，於一九八八年出版（Delaware University Press）。文中所提資訊來自論文集 Wilhelm Hortmann 一文，主要是談《漢姆雷特》一劇演出方式之種種變化。

⑳ Terence Hawkes, "Telmah", *Shakespeare and the Question of Theory*, eds. Patricia Parker and Geoffrey Hartman, Menthuen, 1985.

漢姆雷特之演出

鍾玲教授，中山大學外國語文研究所所長，電邀我去演講，內容隨我選擇。通話時，我立刻想到不久之前看過 Franco Zeffirelli（以下簡稱「柴氏」）導演的漢姆雷特電影，所以我毫不遲疑的答稱可以談談漢姆雷特的演出，時間決定在一九九一年十二月十八日。我覺得那個時候講這部莎士比亞的悲劇傑作是很自然的一種嘗試。

若干年前，某電視臺某連續劇的編劇安排女主角講這麼一句臺詞：「莎士比亞很偉大，可是他說錯了一句話——脆弱，你的名字是女人！」這樣的安排顯然是錯誤的。從那時起，在我莎劇班上，我時常提醒同學必須注意劇中臺詞是劇中人物，在劇作家的安排之下，在某特定時間和某特定境遇向某特定人物所說的，並不能代表劇作家本人的意見。可是由我們的連續劇那位編劇先生所安排的那一句臺詞的上下文看來，他卻是很認眞的視「脆弱，你的名字是女人！」爲莎士比亞的本意。因爲這句話出自漢姆雷特的獨白，上述違例對觀眾易產生誤導作用，特別引起了我的注意。這可說是我想談談莎劇演出的遠因之一。

讓我們回顧一下從一九八九年五月到一九九一年夏秋之際這期間的一連串事情或活動，就可以感覺到以漢姆雷特的演出情況爲主題與大家交換看法的時機已經成熟了。值得指出的事情或活動，茲簡述如下：

⑴ 一九八九年五月，高雄師範學院爲預祝改制爲大學，特由英語系主辦「第一屆中美莎士比亞研討會」，本人應邀演講，以“A History of Fortinbras”爲專題，分析漢姆雷特一劇演出時保留或删除原劇中挪威王子孚廷勃拉斯事件所引發的一些重大問題。該篇以英文寫成的初稿，後經用中文改寫爲〈漢姆雷特的終極靈感〉，發表於《中外文學》一九八〇年四月號，今收入本書。

⑵ 一九九〇年三月，現代傳奇劇場以國劇形式改編《漢姆雷特》悲劇，在國家劇院推出《王子復仇記》。

⑶ 一九九〇年五月，英國萊斯特稻草劇團在國家劇院演出《漢姆雷特》。該劇團別出心

裁，用了一個巨大的人工編製的羊毛簾幕，展現許多大小不同的功能，卻也時常分散了觀眾的注意焦點。簾幕不時的翻轉、絞動，看得常令人暈暈的，雖然它的實際功能和象徵作用方面不能說沒有創意。

(4)一九九〇年六月，我有幸看到柴氏導演的漢姆雷特電影試片；該片不久就在臺灣各地上演，並正式發售錄影帶。

(5)一九九一年四月，中正大學西洋語文研究所所長袁鶴翔博士召開「重讀文藝復興」研討會，會中有多篇論文以莎士比亞作品爲討論主題。

(6)一九九一年十月，師範大學英語系主辦「中華民國英美文學與英語教學研討會」，會中提出一篇以莎劇爲例的英文教學示範的論文。

(7)一九九一年十一月，臺灣大學外文系主辦「第四屆英美文學研討會」，含莎劇論文一篇。

(8)一九九一年間，若干國立大學自國外購得英國廣播公司攝製之莎士比亞三十七個劇本以舞臺劇爲基礎的電視錄影帶全部或一部分。國內某公司不久亦取得在臺銷售權，曾在淡江大學教育資料科學系主辦之文學週展示場公開展示，時爲一九九二年三月。

那兩年多的各類活動自以一九八九年五月我在高雄的專題演講和一九九〇年暑假期間柴氏導演的漢姆雷特電影及該電影錄影帶公開發售等兩件事，對我的鼓勵最大，最直接。加上在一九八七年，我曾爲《中外文學》寫過一篇討論勞倫斯奧立弗（以下簡稱「奧立弗」）約四十年前自編自導自演的電影《王子復仇記》的論文；一九九一年秋初，曾借到英國廣播公司（以下簡稱「英廣」）所製漢姆雷特電視片之錄影帶，先後觀賞了兩次。這些具體的因素和我多年來講授「漢姆雷特悲劇」的個人感受，可以說在我潛意識裏恐怕早已形成一種妙不可言的壓力，而鍾玲女士在無意中爲我掀開了蓋子。

我是個教書匠，說甚麼都離不開《漢姆雷特》的英文劇本；在討論演出時，我很自然的要回想、觸及、引用劇本上的臺詞，或對某項演出刪減或刪除一些詩行，說出我個人的意見。在這篇報告裏，我認爲多數讀者可能對柴氏的電影印象最新鮮，因而也許就最深刻，所以我會以柴氏的漢姆雷特電影爲討論的主要對象；但是我也會經常提到奧立弗的一九四八年的《王子復仇記》和英廣的漢姆雷特電視劇，做一點點比較研究，或能因此而顯現一些突出的或有趣的導演手法及詮釋。

去中山大學演講時，只有簡短的備忘錄，幾個寫好的片段文字，雖然心裏也盤算過臨時該如何發揮。後來陳英輝教授將全程錄音寄贈，可惜參加人士的討論部分其錄音效果不佳，無法利用。現在這份報告大致上根據錄音內容寫成，唯欲使寫出來的報告比較完整，遂有若干補充，也刪減了一些題外之話。引用原劇臺詞，根據 Harold Jenkins 編注，一九八二年出版之阿頓版；必要時朱生豪譯文納入以供參閱（用梁實秋譯文時，注明梁譯；偶有本人試譯，或參照梁譯改譯）。

柴氏於一九六○年導演舞臺劇《羅米歐與朱麗葉》時，就非常注意細節。聽說在首演當晚幕起之前，同事看柴氏提了一桶油漆到臺上，就問他幹甚麼。一言不發，柴氏在朱麗葉家宅牆上畫了兩道黃線，一道離地面很近，另一道則長些，這時他才說：「你要知道，像這種牆角，就是狗喜歡撒尿的地方，人有時候也會在這兒小便的」。不管是眞是假，這個故事充分說明了柴氏如何在細節方面也要求寫實。

八年後，柴氏導演的這部莎士比亞愛情悲劇的電影版問世，更顯出了他無論在佈景、演員的選擇各方面，都要求自然逼真。像我年輕時看的好萊塢版的《羅米歐與朱麗葉》，男主角 Leslie Howard 和女主角 Norma Sharer 已三十多歲，男主角的額頭都有點禿了。當時的想法是，莎士比亞的美麗或淒美的詩句，讓兩個不太懂莎士比亞的年輕人來演，演不出詩劇裏美麗深刻的地方，所以要請閱歷豐富、成熟的名角來擔綱。他們當然演得令人激賞，但現在看起來，柴氏起用非常年輕的新人來演出也非常成功，那位演朱麗葉的英國女孩才十五歲。一九九〇年柴氏推出漢姆雷特這部電影時，他的作風仍舊符合好萊塢所強調的大眾化，不過我認為他的「大眾化」並不庸俗，似乎僅止於兩件事：第一，選用當今所謂最性感的男星梅爾吉勃遜演漢姆雷特王子，富有神祕魅力的女紅星葛蘭克蘿絲演母后葛楚德，漂亮年輕的海倫娜卡特演奧菲麗亞等，以加強票房的號召力；第二，廣泛使用大場面或大畫面和儘量把舞臺劇的相當封閉的片段劇情加以生活化，剪接技巧靈活，所謂的電影感十足。此外，柴氏採用很多心理方面的描繪以及象徵技巧，將在後面舉例說明。

柴氏電影值得討論的場面實在很多，如先王的葬禮，新王克勞狄士和母后葛楚德在漢姆雷特王子房間裏談話的一幕，王子第一個獨白，王子和先王的幽靈會面情景，同學羅森綱及吉爾敦士頓和旅行劇團先後來到丹麥宮廷城堡哀新諾（Elsinore）使王子心生一計來測試「鬼話」的虛實，著名的獨白 To be or not to be 的獨特的演出設計，尼姑庵場（The nunnery scene）的分割設計，戲中戲的重組，克勞狄士國王獨白的縮水，母后和皇兒在母后寢宮的對手戲（The closet scene），漢姆雷特被押解出境後在船上偷換密令的演出，奧菲麗亞發瘋，雷兒狄斯持劍要爲亡父討回公道，王子安返丹麥與霍瑞修取得聯絡的交代，國王安撫雷兒狄斯並共同算計漢姆雷特，以及最後的劍術比賽和四個人毒發死亡的悲慘結局。

演講時爲了節省時間讓聽眾發表意見或提出問題，我的討論集中在三場戲：⑴漢姆雷特痛斥奧菲麗亞的「尼姑庵」場；這涉及漢姆雷特 To be or not to be 獨白的轉位和戲中戲王子和奧菲麗亞對白的「增加」。⑵漢姆雷特和葛楚德在後者寢宮中的對手戲。⑶王子和雷兒狄斯比劍和全劇的結局。在這三場戲之外，我也順便提到其他部分場景相關的片段：如柴氏在他的電影開始時，加了一段莎士比亞原劇中根本沒有的先王葬禮，我想在這一份書面報告裏，特別談一談柴氏「加演」的這場戲。

「尼姑庵場」↓「大廳戲」

從莎士比亞《漢姆雷特》原劇第三幕第一場九〇行至一五一行在大廳之中，漢姆雷特王子和奧菲麗亞「無意中」遇見之後的對白內，導演柴氏把王子所有說到「尼姑庵」的字句統統刪除，如：

Get thee to a nunnery.
Go thy ways to a nunnery.
Get thee to a nunnery, farewell.
To a nunnery, go-and quickly too.
To a nunnery, go.

到尼姑庵去罷。
你到尼姑庵去。
到尼姑庵去罷。
到尼姑庵去，去，並且要快去。
到尼姑庵去，去。（梁譯）

既然「到尼姑庵去」字句完全不出現在這一場戲裏，就不能再稱之爲「尼姑庵場」，理應改稱爲「大廳戲」了。

假如我們回想一下雷兒狄斯離開哀新諾那一場景，漢姆雷特王子，在柴氏安排之下，從高處看到波洛尼斯和奧菲麗亞送行後回堡，就在王子所站之二樓窗口底下稍停一會兒，老爸命令女兒不得再與王子交往，女兒答應順從的話，全都給王子暗中聽見了。如今漢姆雷特走進大廳之前，也從另一角的樓上發現中庭內波洛尼斯又在對奧菲麗亞講話，只是這一次相距較遠，聽不見講話而只見波洛尼斯和另一人的背影匆匆離開中庭往室內走，使王子不由得不感覺到這些人，包括奧菲麗亞在內，似乎又在偷偷地安排甚麼而不欲別人知道。情人奧菲麗亞，父命難違，斷絕跟他交往，現在不曉得又攪甚麼勾當，漢姆雷特顯然悶在心頭，甚爲難受。

漢姆雷特走進大廳，眼見奧菲麗亞獨自一人踱步，捧著一本書在那兒看，樣子不很自然，對她說了一句：

Nymph, in thy orisons
Be all my sins remember'd.

仙女，在祈禱裏
別忘了代我懺悔。（梁譯）

就走開了。這時候奧菲麗亞遲疑了一下，突然把他叫住，向他問安，並且要還給他以前送的禮物，惹來王子一句從未送過甚麼給她的話。在以後的一段戲裏，漢姆雷特對奧菲麗亞只說了一句溫馨柔情的話：

I did love you once.

我的確曾經愛過你。

其餘的話都是在說她罵她。漢姆雷特在視線所及之處忽然發現大廳上方庭柱之間黑影恍動，就突然問她父親在那兒，她又遲疑了一下，竟說他在家。這一個明顯的撒謊（試問：她能、她敢說出來爸爸就躲在附近嗎？）逼得王子轉身甩手又氣又無奈，於是對奧菲麗亞講話的聲音愈來愈大，內容愈來愈粗魯難聽。

我們都記得漢姆雷特第一次以偏概全的咒罵女人是母后喪夫不到兩個月就匆匆下嫁給小叔子那件事所引起，不過那一次是獨白，在舞臺上是沒有聽眾的，對漢姆雷特本人來說，他不過是在自言自語罷了，另一方面也可認爲是他心中難以忍受的事情。那篇獨白之中常被別人引用的名句是：

Frailty, thy name is woman-

脆弱啊，你的名字就是女人！

「大聽戲」裏，王子對奧菲麗亞的罵陣可以說就是那句獨白名句宣洩性的發揮，悶在心頭的感傷和痛苦一股腦兒的噴出喉嚨；奧菲麗亞可以說是她老爸逼她成爲漢姆雷特的出氣筒。最後，漢姆雷特在吼叫之餘，還用力推她一把，竟使她撞在牆上，又把奧菲麗亞還給他的東西往地下一扔，才揚長而去。

柴導演的安排使漢姆雷特王子在這場戲裏對奧菲麗亞的態度完全是負面的，解除了以往的一個大難題。以往的演出，就我所知，王子一角對奧菲麗亞的「態度」要演得不是完全絕情，而總得設法表達一點情意未了的心意，大概是因爲沒有人願意相信堂堂漢姆雷特眞會絕情絕意；尤其在想起第五幕第一場漢姆雷特在奧菲麗亞的葬禮上和她哥哥雷兒狄斯拉扯打架後說的那句話：

I lov'd Ophelia. Forty thousand brothers

Could not with all their quantity of love
Make up my sum.

我愛奧菲麗亞。四萬個弟兄的愛加起來
也抵不上我一個人對她的愛。（參照梁譯）

奧立弗自導自演的《王子復仇記》電影，我曾試加分析，篇名〈勞倫斯奧立弗爲漢姆雷特整型〉，已收於本書內。關於「尼姑庵場」的處理，在此可引述該節最後幾句話來說明：「在奧立弗的精湛的導演之下，這尼姑庵一場戲並不只見王子發脾氣和駡人，見到的是一個對奧菲麗亞的感情很複雜，而且很有誠意要她脫離是非圈的眞情王子。王子一上臺就走近幃幕，以手輕輕撩之，引起奧菲麗亞的緊張。本來奧菲麗亞獨自等王子時，即顯得侷促不安，導演如此安排顯然是強調奧菲麗亞難違父命但並不甘心情願，旨在贏得觀眾的諒解。王子對她嘶喊叫駡了一陣，並且把她推倒在臺階上，然後回身指著幃幕大吼：『我們以後再不要結什麼婚了；已經結過婚的，除了一個人以外，都可以讓他們活下去』；此刻漢姆雷特的激動，其對象是幕後的克勞狄士；說完就轉身挨近跌倒在臺階上的奧菲麗亞，輕輕的、慢慢的告訴她：『進尼姑庵去吧，去。』並且吻了她的手才離開。王子的氣似乎全消了，不再責怪她，只是勸她斷絕塵緣，省得痛苦。漢姆雷特仍舊是愛她的。」

柴氏把「尼姑庵場」中漢姆雷特自責的幾句臺詞和告訴奧菲麗亞進尼姑庵的話，一併切割下來，一併移入「戲中戲」那一場，其成效是把漢姆雷特對疏離的情人的辱罵改變爲勸告的動機和勸告的實質內容，表現了能爲她設身處地的誠信的想法，使無情轉爲無私的深情；這一切說不定都是奧立弗在「尼姑庵場」中表現的手法和引發的靈感給柴氏的啟示所致。

I am myself indifferent honest, but yet I could accuse me of such things
that it were better my mother had not borne me. I am very proud,
revengeful, ambitious, with more offences at my beck than I have thoughts
to put them in, imagination to give them shape, or time to act them in.
What should such fellows as I do crawling between earth and heaven?
We are arrant knaves all, believe none of us.

我自己還不算是一個頂壞的人，
可是我可以指出我的許多過失。
我有了那些過失，我的母親是

不要生下我來得好。我很驕傲，
復仇心重，野心勃勃，我的罪惡
多得連我的心思也容納不下它們，
連我的想像力也無法形容它們，
甚至於我去犯那麼多錯的時間都不夠。
像我們這樣的傢伙，究竟有甚麼理由
還要匍匐於天地之間？我們都是
十足的壞人，沒人例外；別相信我們
任何一個。（參照朱譯及梁譯改譯）

戲中戲正式開始以前，很多人都已坐定位置，葛楚德招呼走過她面前的兒子坐她旁邊，漢姆雷特停了一下，對母后說，那兒的吸引力更大，旋卽走向奧菲麗亞，緊靠奧菲麗亞的大腿坐在地上。漢姆雷特先開了幾句黃腔，後來起身坐在她旁邊的一個座椅上，眼光非常集中的注視著她，直到奧菲麗亞感覺到王子射過來的目光而轉頭望著他。這時王子幾分鐘以前黃腔時刻的不正經態度已完全消失，很認眞的對奧菲麗亞說了前所引述的大部分自我批評的臺詞，以「到尼姑庵去罷」暫告結束。戲中戲的默劇終了以前，國王就已開始驚慌失態，大聲叫人拿火把來，踉蹌出走，大廳內秩序登時大亂。而漢姆雷特眼見「戲中戲」的策略成功，國王克勞狄士無疑正是他數月來心目中認定的殺父仇人，於是興奮地和一位演員手拉著手一起大跳大唱。

忽然，漢姆雷特發現奧菲麗亞一個人還坐在她椅子上，似乎在那兒呆住了。於是漢姆雷特跑過去，相當鎮定的告訴她：「我們都是十足的壞人，沒人例外，別相信我們任何一個」，「到尼姑庵去，去，並且要快去」，接著就深而有力地親吻她，然後說了聲再見，匆匆離去，想必對付仇人的事情給他的壓力太大而不宜久留了。

當時特寫鏡頭顯示的奧菲麗亞的表情有點驚訝、不解；對她來說，這一切似乎都太突然了，只見她淚眼汪汪，不知所措的樣子。就劇情而言，奧菲麗亞實在無法瞭解漢姆雷特的世界，男人的世界，她個人的心思以外的世界。

柴氏把「尼姑庵場」漢姆雷特一部分臺詞移到「戲中戲」，固然簡化了「大廳戲」中王子一角表演複雜情緒的要求，但實際用上的臺詞對奧菲麗亞的衝擊無形中更強化了；即使那句「我的確曾經愛過你」也是使她覺得難堪的。特別值得觀眾注意的柴氏的移植技巧的效果是，移入「戲中戲」的臺詞和親吻情人的動作——即對奧菲麗亞的關懷——成為第五幕奧非麗亞墳場上，王子公開聲稱沒有人能比他更愛奧菲麗亞那幾句話的伏筆。柴氏把王子愛護奧菲麗亞的心情的表現與墳場上同樣心情更激情的宣告，兩者的距離拉近了，可能加深了觀眾對漢姆雷特的心意的印象——這應是柴導演搬弄漢姆雷特臺詞的目的所在，而這個目的可以說是達成了。

漢姆雷特離開大廳，經過的地方跟克勞狄士與波洛尼斯交談的地方相距很近。鏡頭照他進入一個房間，讓房門敞開一點，聽完了他們的談話才把門關閉，所以在柴導演安排之下，王子親耳聽到國王決心把他送往英國，藉口是催貢。最值得注意的一項安排是，柴氏把「尼姑庵場」開始以前的"To be or not to be"獨白改在「大廳戲」和王子得知將被送往英國的消息之後。一方面漢姆雷特這個時候對奧菲麗亞更加不滿，一方面又得知自己將被遣送國外，同時他也正在計畫要劇團演出父王被叔父毒死的戲，而這部戲可能會給他的復仇行動帶來轉機，他必須保持冷靜，因爲這項行動必須成功，而且與他自己的生死有關。這個時候安排漢姆雷特道出"To be or not to be"獨白，再恰當不過。

奧立弗在一九四八年的漢姆雷特電影裏，王子的生死獨白也安排在「尼姑庵場」之後。不過奧立弗演這段獨白是在戶外，他在城堡上端的一塊岩石上，對著海岸望下去，道出生死獨白（詳見本書〈勞倫斯奧立弗爲漢姆雷特整型〉篇），而柴氏則安排王子慢慢走下臺階進入丹麥皇族的墓穴，在一個黑暗、充滿了墓棺以及骷髏頭的陰森場地來道出他的心事。王子喪父，母親匆匆再嫁，又嫁了惹他厭惡的叔父，再發現奧菲麗亞一再令他失望，殺仇人的時機可能即將到來——在這種境遇跟心情跟無形的壓力之下，又跟死亡如此之接近，柴導演才安排漢姆雷特的生死獨白，我覺得在時空的選擇上有其獨到之處。

可以順便一提的是柴氏對燈光的運用。當漢姆雷特說到

Thus conscience does make cowards of us all,
And thus the native hue of resolution
Is sicklied o'er with the pale cast of thought.

所以「自覺的意識」使得我們都變成了
懦夫，所以敢作敢爲的血性
被思前思後的顧慮害得變成了
黯然無色。（「黯然無色」爲梁譯「灰色」之改譯）

的時刻，他正從陰暗的墓穴內部向出口方向走，剛好光線照在他臉上，他臉色在光下呈蒼白

色，跟他口中說的「黯然無色」剛好吻合，效果引人注意。奧立弗電影裏有異曲同工之妙的一個鏡頭：漢姆雷特與霍瑞修走近墳場（第五幕第一場），王子愈走近正在挖掘的墓穴就相當於愈接近死亡，當他停下來、站住的那一刻，鏡頭從他後面照他的背影，顯出他頭部在地面造成的陰影恰好蓋在地上一個骷髏頭上面——漢姆雷特的頭的射影與地面的骷髏頭完全吻合，可以說象徵「死亡」已找到了對象。

2 「葛楚德寢宮場」

觀眾欣賞莎士比亞原劇第三幕第四場的演出，其注意焦點大概是所謂戀母情結。奧立弗、英廣、柴片三個導演顯然都認爲確有戀母情結這麼回事，且看他們如何來演出。奧立弗在拍《王子復仇記》之前十一年曾經拜訪過 Ernest Jones，瓊斯與佛洛依德一脈相傳但發展出一套自己的看法。奧立弗在自傳裏曾寫他自從和瓊斯談了之後，便相信漢姆雷特有戀母情結，可是和英廣與柴片比較，奧立弗對戀母情結的處理卻最節制，最爲淡化。

我們先來談一談三部片子裏的主要演員。柴片的漢姆雷特王子由當今好萊塢動作片紅星梅爾吉勃遜（Mel Gibson）飾演。英廣片中是莎劇名演員德瑞克傑柯比（Derek Jacobi）扮演丹麥王子。奧立弗則自導自演漢姆雷特。

吉勃遜長相本來就相當豪邁，再留了鬍子，穿上特別設計的又粗獷又結實的質地的暗色衣服，加上憂酷的表情、深沉的聲調、能喊能吼的嗓子，似乎很符合我們想像中的中古時代北歐維京族青年領袖的模樣(the image of a young Medieval Scandivavian-Viking leader)。不過我們或許難以想像當年維京族會有一位像漢姆雷特這麼愛思考的年輕人！我們自然應該同時記得這個劇中人的創造者是莎士比亞！

奧立弗的漢姆雷特則是一個十足的文藝復興時代的高貴王子（a noble Renaissance prince），衣著華麗（即使第一幕第二場他穿的是黑色喪服，仍是品味精美亮麗的設計），神態優雅大方，那種氣質沒有受到黑白片的負面影響。奧立弗演的漢姆雷特簡直是帥呆了。

英廣片中演王子的傑柯比令我驚訝、失望，幾乎難以忍受。他的演出給我的印象簡直就是一個小丑——雖然他沒穿小丑裝，動作卻像一個專職的宮廷弄臣。英廣片最忠於「漢姆雷特悲劇」現代版原文，全片放映時間長達兩百分鐘（奧立弗片是一百五十五分鐘，柴片和奧立弗的差不多），而原劇中以漢姆雷特的臺詞最多最長，因此傑柯比的話聽起來「最嚕嗦」，就像王子在第二幕第二場一九二行對波洛尼斯說他翻閱的那本書裏是

Words, words, words.

都是些空話，空話，空話。（朱譯）

字，字，字。（梁譯）

字啊，字，都是字。（作者試譯）

吉勃遜捧了本書，看著它，似乎在喃喃自語 Words, words, words 的確滿臉茫然，又有點不屑的樣子。漢姆雷特的臺詞當然不只是空話，但是讓留了一撮小鬍子的傑柯比來表達，實難加以肯定。在葛楚德寢宮的床上，可能爲了加強突顯戀母情結的情節，傑柯比在鏡頭下表演的竟然是全身動作：他撲上去，在媽媽身上做伏地挺身，媽媽的一條大腿裸露在外，傑柯比的臀部一上一下，翹得很高，動作又快，我感覺這場戲演得非常可笑，也很噁心，可以說看了根本不知道傑柯比在幹甚麼。

在柴片裏，梅爾吉勃遜演的漢姆雷特和葛蘭克蘿絲演的葛楚德都很精彩，尤其是寢宮這場戲。兒子強行要媽媽仔細端詳第一任丈夫的肖像盒，再給她看現任丈夫的肖像盒時，已經在床上和媽媽靠得很近；當吉勃遜不斷的責罵克蘿絲做爲一個女人有眼無珠不知羞恥時，克蘿絲想掙脫吉勃遜的糾纏，不料被吉勃遜拉住她項間的克勞狄士肖像盒的鏈子而不得脫身，反而在拉扯之間，她左肩的衣裳被扯開，裸露了一大塊左肩，特寫的鏡頭現出她眼睛和面部痛苦緊張無奈的表情，令人第一次強烈的感覺到她的性吸引力。

當克蘿絲第一次哀求他不要再講下去的時候，吉勃遜已經壓在克蘿絲身上，不過鏡頭並沒有照出他們兩人的全身。一九九一年二月份的《生活》(*LIFE*)雜誌登出一篇以梅爾吉勃遜爲主要對象的《漢姆雷特》製作報導，裏面說吉勃遜把克蘿絲扔在床上，跳在她身上；但是電影的觀衆並未看到這些大動作的銀幕畫面，只發現克蘿絲眼神慌張，吉勃遜肩膀和胸部不斷下壓，面部肌肉扭曲，神情又急又氣，似乎是在配合他一下一上的動作而從嘴巴裏一個字一個字的擠出下面那句臺詞：

Nay, but to live
In the rank sweat of an enseamed bed,
Stew'd in corruption, honeying and making love
Over the nasty sty.

只曉得在油漬汗臭的床上過日子，
在淫穢裏面薰著燉著，
扒在那骯髒的豬欄裏甜言蜜語的做愛！（參照梁譯改譯）

而克蘿絲上身和頸部的震動起伏，臉上緊繃的表情，還有喉嚨發出急促的喘息——這一節的演出對觀眾的震撼該夠厲害的。這一段臺詞和肢體動作的配合簡直天衣無縫。

接著吉勃遜就罵克勞狄士是殺人犯、壞蛋、竊國者、不是東西——這時漢姆雷特已經不壓在他媽媽身上了，但葛楚德卻非常衝動的一把摟住了兒子，熱烈地、貪婪地親吻他的嘴，此刻漢姆雷特的表情是呆住了。一邊吻，一邊呆，直到漢姆雷特忽然發現老父的幽靈出現，嚇得馬上從床上滾下來，以跪姿相迎。

據《生活》雜誌那篇報導，柴導演和男女主角在開拍這一段戲之前，花了很多時間討論劇中的母子關係，結果三個人一致同意視漢姆雷特隱藏在心底的對媽媽的感情是有違倫常的，而這一種強烈的性慾情感也存在於葛楚德對兒子的關懷之中。吉勃遜和克蘿絲同時決意以肢體語言來表達這種特殊感情，漢姆雷特對母親的「攻擊」是昇華的謀殺，又是色情的動作啞謎（詳 *LIFE*, February, 1991, p. 46）。

奧立弗電影裏的戀母情結的表現，雖然比較淡化，可是開始得很早，時間上相當於原劇第一幕的第二場。在會見眾臣的大廳上，克勞狄士看到漢姆雷特王子仍穿著黑色服裝，勸他節哀的話說了一大堆，並且當眾宣布王子是「我的王位最嫡近的繼承者」，留在宮中「做我的主要朝臣」，不要他回德國大學。漢姆雷特未發一言，等母后葛楚德開口要他留下的時候，他才答應不走，於是國王顯得很得意的樣子，宣布當天晚上要大家痛飲以慶祝。這時刻，漢姆雷特還坐在靠背椅中，母后從椅側彎腰下去，吻她兒子的嘴唇，一直到克勞狄士很不耐煩而叫葛楚德跟他走爲止。這或許是戀母情結的回饋？

後來在母后寢宮，先王幽靈來過之後，兒子勸母后要忍著點，不要再和克勞狄士同床，葛楚德不但沒有爲難的表情或抗拒這個建議的表情，反而此刻用雙手捧住了漢姆雷特的臉，吻他的雙唇；當兒子對母親講「我對媽說話這麼不留情面，這麼狠，全是爲媽好」的那一刻，母子兩人就擁抱在一起，非常的溫馨，一點都沒有性愛的擁抱那種激情——兒子先靠在媽媽的懷裏，稍後把頭放在媽媽的膝蓋上，構成一副母親呵護小孩子的溫馨畫面。

按照莎士比亞的《漢姆雷特》劇本，寢宮一場戲將近結束時，葛楚德受不了兒子對她說的那些責難加羞辱的言詞而告訴他「你已經把我的心撕成兩半了」。這時兒子居然對母親說這樣露骨的話：

But go not to my uncle's bed.
Assume a virtue if you have it not.

That monster, custom, who all sense doth eat
Of habits evil, is angel yet in this,
That to the use of actions fair and good
He likewise gives a frock or livery
That aptly is put on. Refrain tonight,
And that shall lend a kind of easiness
To the next abstinence, the next more easy;
For use almost can change the stamp of nature, (3, 4, 161-170)

可別再上我叔父的床；假如你已經失去了
品德，也要做出有品德的樣子。習慣，那
怪物，能吞食我們所有的良心，誠然是
邪惡的魔王，但也能做美德的天使，
能使優良的行爲也同樣有一套容易穿上
身的習慣的衣裳。今晚忍一下，
下回節制就容易些；再下回會更容易些；

> 因爲習慣幾乎能轉變人的本性，……

這一段似乎太直接、太露骨的「輔導」的臺詞，柴氏仁慈的在他的電影版裏把它刪除了。我們聽起來，這段臺詞的意思，漢姆雷特在別處已用別的方式表達過了，柴氏在此處的刪減實在頗有道理。

另外很值得一提的是：在原劇中跟葛楚德母后在寢宮內告別之前，漢姆雷特告訴她，自己就要被送往英國，並且帶著國王的密令，押送他的人就是他絕對不能信任的羅森綱和吉爾敦士頓，一定沒甚麼好事。柴導演把這幾句臺詞也搬了家，從室內搬到戶外，實際演出媽媽爲兒子送行的場面——母子兩人擁抱告別的那一刻，漢姆雷特就跟葛楚德說這幾句臺詞。葛楚德聽了很不放心，面部有焦慮的表情，但漢姆雷特接著就跟她說沒問題，他們設圈套算計我，我自有辦法應付，而且反把他們整垮。母后聽了心就寬了，向他微笑點頭。

這一次的臺詞移位也把故事中的一個細節活潑了起來，而且不只是語言而已。而漢姆雷特誤殺波洛尼斯之後，當然知道原來他聽到的把他送往英國的計畫必然會加速進行。但是國王尚未親自直接向漢姆雷特說明，所以柴導演把兒子向母親道別的一段臺詞延後處理，演出一幕相當生動的母子話別，我覺得很有意思。英廣片和奧立弗片的《漢姆雷特》都按原劇本演出，當然只有臺詞，沒有生活化的場景。

3 「比劍場與劇終」

柴導演在比劍的大廳地上搭了「擂臺」（木製平臺，離地似不到一英尺），就像地板升高起來形成的；此類道具在另兩個媒體的《漢姆雷特》版之中並沒有。比賽的人在擂臺上走來走去，跑來跑去，其足聲在擂臺平面與地面上的空間產生的迴音，響而空蕩，似乎在整個比劍場上多添了一分緊張。

我們從比劍的第二局看。第二局比賽開始，漢姆雷特採取出擊的姿勢的時刻，不小心身體失去平衡，幾乎滑了一跤，引起觀賞比賽的人哄堂大笑；稍後，漢姆雷特往前衝，一時煞不住車，竟衝出擂臺，幾乎摔倒在母后前面，大家的大笑聲又起，連母后也忍不住，不得不用手臂來遮掩她臉上的笑容。王子回到擂臺上，滿場子繞圈跑，再度引發此起彼落的笑聲，因爲這種戰術的樣子很滑稽。漢姆雷特滿場飛的時候，雷兒狄斯很不耐煩，第一局輸給王子，極力想在第二局勝王子一回，那裏曉得他正準備上的時刻，漢姆雷特忽然停住不動，然後哼的一聲，大打噴嚏，這個意外的喜劇動作自然又引起大家哄堂大笑。

在這之前，波洛尼斯在圖書館裏試探王子是否瘋了所提出的問題內容和說話的腔調引人發笑；老臣在「戲中戲」開場之前向觀眾介紹劇團的臺詞也有喜劇效果——這些也許是所謂的「悲劇中的輕鬆場面」。

但就比劍場上引起哄堂大笑的場面，說不定從王子的立場講起來，是他故意在那兒裝瘋賣傻，而導演的這種安排是貫徹了漢姆雷特王子行動策略的一致性，也很可能是在對手雷兒狄斯向殺父仇人虎視眈眈的那一刻，要漢姆雷特故意做出不太在乎的回應，一方面突顯雷兒狄斯報仇心切、心情緊張，另一方面則突顯王子此時對害他的陰謀完全不知情，心意完全放在交誼性的比劃上，十分愜意。這種種安排使得即將爆發的「毒攻」和「以毒攻毒」更驚人，或者說戲劇性的反諷更厲害。

純從表演的角度來看，漢姆雷特在第二局的比劍場面裏引起哄堂大笑的滑稽動作都非常自然，而且是全劇中男主角演出的唯一的一幕滑稽戲，可是這一幕滑稽戲卻出現在殘酷的陰謀即將化暗爲明之前，四條人命即將一一報銷之前，使人突然發現這個《王子復仇記》演出的主題意識原來竟是「忙了半天，一事無成，害人害己，莫名其妙」，看起來完全是一種浪費，一個諷刺、荒謬的結局。有人會說本劇是虛無主義的一種表現。像這一類的演出，自一九六〇年代以來在舞臺劇中常常見到。不同的是，有的演出仍舊肯定漢姆雷特的努力，仍認可漢姆雷特是悲劇英雄人物，有些則留下一片空白。

讓我們回到現場。兒子連勝兩個回合，母后大喜，捧著那杯爲漢姆雷特準備解渴的酒說，她爲了慶賀王子勝利要喝酒。克勞狄士立刻叫道：「葛楚德，不要喝！」然而此時完全不知酒爲毒酒的葛楚德不但自己喝了一大口，而且還走到漢姆雷特面前要他也喝，漢姆雷特說現在他還不想喝。克勞狄士未能阻止葛楚德喝下那口毒酒，王子該喝卻不喝，這眞是克勞狄士最爲難的時刻——他愛戀葛楚德是不容懷疑的事，可是爲守住秘密不得不保全自己再說，只好按兵不動。而雷兒狄斯這時心急如焚，毒酒陰謀既未得逞，比劍又連輸兩局，於是在第三局尚未正式開始之前，不動聲色地抽換了用劍，乘漢姆雷特不備之際，在酒中有毒的陰謀尚未被揭發之前，就用塗上見血封喉劇毒的劍尖在王子的右臂上劃了一下。這種小人作風的偷襲使王子大爲生氣，衝上去就給了雷兒狄斯一拳，此時雷兒狄斯的劍掉在地上，王子撿起一看，發現它不是友誼賽用的鈍劍，而是一把殺人利劍，漢姆雷特於是恍然大悟，原來雷兒狄斯是有備而來。漢姆雷特登時怒不可遏的手執雷兒狄斯傷他的劍追趕一直在往後退縮的雷兒狄斯，逼他到沒路可逃的牆角，在他胸口刺了一劍。

此刻母后毒發，王子衝過去抱住她。她憑最後一點氣息，拼命地向漢姆雷特說：「那杯酒！那杯酒！」劇本中的臺詞還有「我親愛的漢姆雷特」及「我中毒了」等語，都被柴導演刪掉。葛楚德毒發，痙攣的難受與呼吸困難的恐怖，在葛蘭克蘿絲逼眞的表演之下，也不必多說臺詞了。當她飲酒之後回座不久，即感不適，愈來愈不對勁，這才轉眼望著那個酒杯，望了一下，她心中開始懷疑了，然後再看看她丈夫克勞狄士，克勞狄士原來也在看她，這時他避開她的眼神，把頭轉過去，葛楚德才恍然大悟，原來自己的第二位丈夫是要她兒子的命，所以奮力掙扎，拚命說出了兩三個字來，可是漢姆雷特也就明白了。

柴導演安排王后葛楚德死的樣子很難看，在鏡頭焦點下，她顯得痛苦悽慘無奈，可說沒有一點尊嚴。被漢姆雷特刺殺又灌了毒酒而死的國王克勞狄士死狀更慘。雷兒狄斯毒發後說出實情，死在漢姆雷特懷中，倒是一點也不難看。漢姆雷特毒發之後，莫名其妙的一滑，一屁股摔在地上就坐在那兒，死在霍瑞修懷裏。霍瑞修說完了「願天使歌唱送你去安息」，就把漢姆雷特的屍體慢慢地平放在地上，焦點鏡頭下的王子也沒有甚麼尊嚴，沒有肅穆的送葬行列，也沒有向王子致最後敬禮的砲聲，霍瑞修及旁人也沒有說甚麼話來收拾這個殘局，正像漢姆雷特嚥氣之前對霍瑞修說的一句話“The rest is silence”（沒有別的可說了）。柴導演所營造的全劇最後幾分鐘的氣氛與奧立弗及英廣的終結完全不同，柴氏好像在表示：呈現眞象就夠了，儀式甚麼的，不必要了；更何況在「柴式結束」之下，又有甚麼劇中人能來主持？

4 「先王葬禮」

劇本本文和傳統演出都以哀新諾城堡午夜時分灰霧迷漫的城牆上守衛換崗的陰沉氣氛開始。柴氏則「加演」了一場。在城堡大門外，大白天，很多士兵，神情肅穆，排列整齊，全然靜寂，偶而發出的一點聲音是坐騎上的士兵的裝備隨著坐騎的馬蹄在原地稍動引起。鏡頭緩慢地照入墓穴，照著墓棺，先王漢姆雷特的面容。自影片片頭起，除了配樂的聲音與上述城堡外致敬致哀的軍人坐騎之中偶有輕微的聲音不自主的發生之外，我們聽到的第一種聲音就是鏡頭進入墓穴以後，由墓穴移向墓棺，在移到先王面部之前，所聽到的極輕微的葛楚德的飲泣聲。

接著，鏡頭照著蒼白愁苦的葛楚德，她慢慢地走向棺木，將戴在髮帶上的一項飾品取下，輕輕地放在先夫胸前盔甲上；稍後，棺蓋蓋上，鏡頭再將焦點集中於葛楚德半個身子匍匐在蓋上，一邊哭泣；這時王子漢姆雷特先行離開墓穴，王子一路走出墓穴，葛楚德的哭聲一直在耳。

在柴氏安排之下，緊接的下一場戲就是新王克勞狄士，先王的親弟弟，在堡內大廳向眾臣宣布「從前的大嫂是當今的皇后」，此刻柴導演特別把鏡頭拉近葛楚德，呈現她一副鎮靜、歡愉的表情。同時，在大廳上根本沒有王子漢姆雷特的影子。

按照劇情，先王駕崩和寡婦再嫁之間約有兩個月的時間，柴導演加演先王葬禮緊接上葛楚德再婚一幕，時間上技巧的強力壓縮令觀眾感覺到：哇！好快啊！好趕啊！好迫不及待啊！剛才送葬，現在已經又成親了！柴氏藉此強調了王子第一個獨白中的感歎：

. . . ere those shoes were old
With which she follow'd my poor father's body,
Like Niobe, all tears—why, she—
O God, a beast that wants discourse of reason
Would have mourn'd longer— (1, 2, 147-151)

她送我父親的屍首入葬的時候，像奈歐璧一般哭得成個淚人兒，她那天穿的鞋子現在還沒有舊；——何以她，竟至於，——啊，上帝啊！一隻沒有理性的畜類怕也要哀傷得久些，——

漢姆雷特第一個獨白在原劇中約二十行，上面引用的五行以及其下之七行，共十二行，都被柴氏刪除，可是他在「加演」的墓穴內葛楚德哭泣緊接葛楚德歡愉的神情表演，不但完全補償了刪除臺詞的損失，電影的實效上恐怕還比臺詞強而生動。

近年來，莎劇的導演或編劇爲了宣達某項特殊理念或效果，往往把莎劇本文搬動得面目全非。但柴導演「加演」這場「先王葬禮」，不但沒有違背我們所能瞭解的莎士比亞原文精神，而且沒有觸動原文的文字，只是文字移位，強化了原劇第一幕第二場被他抽調的臺詞：

Think of us as of a father; for let the world take note
You are the most immediate to our throne,
And with no less nobility of love
Than that which dearest father bears his son
Do I impart toward you. (1, 2, 107-112)

把我當父親罷。我向全世界宣告
你是我的王位最嫡近的承繼者，
並且我對你的摯愛絲毫不少於
慈父對於他的親兒子。

新王，王子漢姆雷特的叔父，在先王葬禮上王子即將先行離開那一刻，突然把王子叫住，對他說了上面所引的五行臺詞；比對原文，柴導演只加了一個名字，就是新王叫住王子的「漢姆雷特」。那幾句臺詞在原劇裏是在大廳內當眾宣布的，不過在墓穴裏參加蓋棺之禮的大臣也有好幾位，新王的旨意同樣有效。

在前節討論劇終時，我雖然指出柴氏拍攝葛楚德，其死狀甚難看，沒有尊嚴可言，但考慮劇毒進入人體各器官所產生的痛楚和痙攣，似乎實在也是柴氏向來講究寫實又必然要呈現的畫面；在稍後的遠鏡頭裏照著擺臺上的四具屍體時，遠遠望去只見躺得筆直的葛楚德似乎安詳得很，觀眾已看不清楚她的面貌如何了。這一點細節就令人想起王子漢姆雷特在第一獨白中有一句數落母親的話，被柴導演很慈悲的抽掉了：

—O, most wicked speed! To post
With such dexterity to incestuous sheets!

啊，好不正經的、那麼靈活自然的、那麼
趕著的在被窩裏就位，去幹那有違倫常的

好事！

英文原句短捷，但呈現於王子腦中的動態畫面已夠清楚了。柴氏把兒子「目睹」母親荒淫的動作「免拍」，也算做了好事一件；再說，這是第一幕第二場的漢姆雷特獨白，第三幕的「寢宮場」還有的是做兒子發揮的地方。（識者一定已發現此處作者的中譯和梁實秋與朱生豪的譯文很不一樣；作者認爲本文既然是談「演出」，不妨選擇若干引用原文臺詞的機會，試將其結構稍加改動以便於譯成口語化的中國話。上述重譯可能是個變化極端的例子，因爲有名詞改爲動詞，名詞改爲形容詞，以及字義現代化的「扭曲」使用。尚望讀者指正。）

5 其他演出：奇招怪招高招

導演或編劇爲了表現創意，往往想盡方法出奇制勝，出了些很特別的點子，有的很妙，有的很幼稚，有的則反諷得枝枝節節，不太成局面。某演出幕起時，導演安排同時推上舞臺兩個道具，一是特大號雙人床，克勞狄士和葛楚德在床上親熱的糾纏在一起摸來摸去，二是一具棺材，漢姆雷特坐在裏面捧了一本書在閱讀。導演用如此明顯的畫面來呈現三個重要人物的「問題」，似乎以爲觀眾都很低能。一九五三年在匈牙利一次演出中，戲中戲開演之前，大家在入座，而王子漢姆雷特一邊開黃腔，一邊把頭猛伸到奧菲麗亞兩腿之間，使奧菲麗亞差點摔一跤。某年在英國，導演安排王子開黃腔時，一手伸到奧菲麗亞裙子底下去摸她的大腿，由下而上。

在莎翁故鄉，一九四八年演出《漢姆雷特》的背景是維多利亞時代，男角都穿燕尾服，女角穿的是坦胸露肩的晚禮服，暗示那是個假惺惺的時代，表面上很道德，暗中甚麼勾搭勾當都做得出來。

一九五〇年，某劇團在倫敦、丹麥、瑞士、荷蘭等地巡廻演出。寢宮場裏，葛楚德母后等兒子來的空檔，把頭上的美麗金色假髮脫下來，露出了她稀鬆灰白的頭髮。導演似乎在說，母后之所以匆匆再嫁是她感到時間已經不多了。一九五七年另一場演出裏的葛楚德是個沒有酒不能過日子的酒鬼，所以最後一幕比劍的場合，她舉杯一飲而盡，一點意義也沒有，等於是說她死於酒精中毒。

一九六七年在紐約以現代裝演出改編的《漢姆雷特》，以搖滾樂配樂，似屬於開玩笑的荒謬劇場，如王子給克勞狄士一支雪茄，克勞狄士一點火，嘭！雪茄爆炸了；克勞狄士也有辦法，他和王子握手，手掌握了一個震器，把王子的一隻手都給震掉了。王子裝瘋的時候，他走入觀眾席和大家握手，並請他們買花生米。奧菲麗亞在這部《漢姆雷特》改編的戲裏是蕩婦，霍瑞修是罪犯，波洛尼斯則拿著手電筒到處探人隱私。

一九七五年，Peter Hall 彼得霍爾在倫敦演出《漢姆雷特》，明明白白的表示這是一部虛無主義的作品：沒有一件事是事先做好就能夠順利成功的，一個人的命運，甚至一個國家的命運，就建築在兩個人比劍的時刻，某人的劍掉在地上，於是兩個人莫名其妙的交換了劍，這以後整個局勢就改觀了。彼得霍爾用這一類的招式來特別強調整個事件、整個情勢的荒謬性。

強調政治陰謀是二十世紀許多演出的特徵。一九八〇年在芬蘭，霍瑞修在《漢姆雷特》劇中聽到克勞狄士與雷兒狄斯商量怎樣陷害王子，霍瑞修爲了本身的政治利益而沒有把偷聽得來的壞消息向漢姆雷特報告。劇終時，霍瑞修竟把王子的屍體一腳踢進墳裏，旋即宣布自己爲丹麥新王。

一九八二年西柏林演出的《漢姆雷特》寢宮場裏，兒子逼他母親看兩任丈夫的肖像盒時，他伸一隻手到母親的胸衣裏去把克勞狄士的肖像盒拿出來；王子的手伸進去的動作很粗魯，但出來時卻非常溫柔。劇評人說，表面上母子兩人在床上好像互相挑逗「性」趣，樣子很緊張，不知兩人是喜歡這樣做，還是有一股莫名其妙的力量逼使他們不得不這麼做。

在美國加州聖達克魯滋，一九八六年《漢姆雷特》以現代爲背景，以美國所謂上流社會或富豪階級代表莎士比亞作品裏的皇族。講究身分、地位、權勢、別墅的豪華，這部戲非常諷刺與反浪漫。原劇「寢宮場」的臥房改用別墅外的草坪和露天游泳池。葛楚德爲了忘卻戲中戲引起的煩惱，在池中夜泳，上來的時刻就展現了她性感撩人的身材。可是這個做媽媽的居然眞的受了兒子「訓話」的影響，從此以後見到她的丈夫就愛理不理的樣子，很冷淡；他要去摟她的時候，她肌肉緊張，很不願意接受的樣子。一九八九年在莎士比亞故鄉的《漢姆雷特》演出也用現代服裝，葛楚德經過「寢宮場」的洗禮以後，她的心境和生活也完全改變了，她盡量避免和丈夫接近。漢姆雷特跟雷兒狄斯比劍連勝兩局後，母后把克勞狄士準備的酒舉杯一飲而盡，因爲她知道丈夫要她兒子的命，也知道酒已經下了毒。上述兩部戲「寢宮場」的安排與奧立弗同一場戲所表現的葛楚德——從逐漸懷疑，最後確定，到堅持飲下毒酒——幾乎雷同。她們所演的葛楚德似乎只能選用這個方式來表示對現任丈夫的抗拒。對一九八九年莎士比亞故鄉演出的《漢姆雷特》，有劇評家認爲其中的國王克勞狄士對葛楚德這個女人的興趣，遠超過他在政治上的野心。

一九八六年，一個已經有三百五十年歷史的日本傳統木偶劇團在東京演出《漢姆雷特》，故事背景設於一九四五年戰敗的日本，一個人心混亂、道德價値崩潰的社會。演出時以木偶和演員配合營造特殊效果。木偶時在演員旁邊、前面或後面，都配置得可以讓觀眾看得到。

「尼姑庵場」的處理是這樣的：面對奧菲麗亞，演漢姆雷特的木偶現出一副憤怒、厭惡女人的模樣，演漢姆雷特的演員則演出對奧菲麗亞同情和愛戀的模樣，用這種方式來解決普通一個演員需要做到而很難做到的複雜情緒。讓西方人也認爲「很前進的」是「寢宮場」裏一段戲：演葛楚德的女演員穿一套半透明、很惹火的長袍，漢姆雷特在盛怒之下竟一扯，撕破了母后的衣裳，使她一時成爲上空女郎。寫這篇劇評的美國教授後來聽說這位女演員的丈夫當晚也在觀眾席，第二天葛楚德的角色就換人了。

當然有許多《漢姆雷特》的導演都強調它是政治劇。某演出用了好多位臨時演員充當監視和跟踪的所謂情治人員──他們等舞臺上有人的時候就偸偸的躲在人家背後做出偸聽的姿勢或用筆偸記人家的臺詞；有的則掀開一點簾幕探頭出來東張西望；講臺詞的演員有時警覺到有人在附近，就轉頭噓他們，用手勢命他們走開！如此造成的印象既滑稽可笑，又分明是說丹麥宮中到處都是間諜，使政治鬬爭形成一種「正常」現象！

最後我想稍提「當代傳奇劇場」演出的《王子復仇記》。吳興國領導的一羣年輕人爲了國劇的新生命而努力找新素材，無論編劇也好，演員也好，都下了很大的功夫。他們這次把《漢姆雷特》改編，納入中國的歷史來演出，忠於莎士比亞原著之處頗多。我記憶深刻的一幕是「寢宮場」，做母后的魏海敏向演兒子的吳興國苦訴寂寞之苦，大致是講：你爸爸長年在外征戰，有時好幾年都不回家，爲母的異常寂寞，幸虧他有一個好心腸的弟弟常來安慰我。吳興國聽了這番苦訴，很無奈，可是又不能不體諒魏海敏的心情和行爲。在一個傳統的國劇故事裏，恐怕不太可能讓一個做母親的對兒子講這檔子事，雖然並沒有太露骨的臺詞。不過我覺得編劇王安祈教授肯寫出這麼一段突破性的對話，實在很了不起。我所看到的傳奇劇場《王子復仇記》的劇評，還沒有人提到我所謂的「突破」，是不是大家都很「前衛」了？不過如果跟大陸江蘇省蘇州地方上的一個民間故事比較，王安祈教授和魏海敏、吳興國等人的「突破」也許又不是甚麼傑作。

我在蘇州住過四年，從初一到高一。蘇州郊外有一座「七子山」。「七子山」的故事講一位寡婦扶養一個兒子長大。兒子十六歲那年，家裏的丫鬟跑去向太太報告，說少爺約她，當晚要去她房間。女主人聽了，想怎麼可能？才十六歲的小孩子，他會懂甚麼？於是她就對丫鬟說，這樣好了，今晚你就睡到別處去，我住你房間來處理問題。結果那天晚上母子就發生了性關係，在此後的歲月裏共生了六個男孩。跟丈夫生的兒子以及跟她兒子生的六個男孩，共七個兒子，後來都葬在一座山上，後人稱之爲「七子山」。這個故事算不算是戀母情結的實現？我聽人講，「七子山」故事確有其事。我想卽使不是眞實事件，那麼有人虛構就表示在弗洛依德與瓊斯理論出現之前，古希臘神話和中國民間故事早就異源同流，不必大驚小怪了。

附記：

㈠中山大學演講全程錄音經臺大張小虹教授指導鄭嘉音小姐全部寫出，再加以整理，形成演講內容之初稿，本人特在此一併致謝。

㈡本文第五節「其他演出：奇招怪招高招」部分內容選自下列資料：⑴John A. Mills, *Hamlet on Stage: The Great Tradition*, 1985。⑵ Anthony Davies, *Filming Shakespeare's Plays*, 1988。⑶一九七七年至一九九二年秋季 *Shakespeare Quarterly* 劇評欄資訊。⑷與黃美序教授談天偶而聽到的趣聞、奇聞。

㈢一九九三年 *Shakespeare Survey* 45 於一九九二年十二月中旬收到，其中十二篇文章含八篇專論「漢姆雷特」，資料與時間的考慮似不適合納入本文。

其他

重訪維洛那

莎氏《羅米歐與朱麗葉》在數百年來讀者和觀眾心裏一向是部動人的愛情悲劇，在作曲家和歌劇作家心裏也是充滿了靈感的泉源，但學者雖然不能否定《羅米歐與朱麗葉》受歡迎的高排行榜，對它的藝術評價卻遠在《漢姆雷特》、《馬克白》、《李爾王》、《奧塞羅》之下，主要理由是：在劇情發展過程中，多次不幸的巧合使得本劇缺乏前述四大悲劇形成的必然性，羅米歐和朱麗葉這對男女主角被命運作弄的「安排」過於明顯，因此他們兩人的悲劇性格似乎不够份量。

如今再讀《羅米歐與朱麗葉》並不想證明它應與四大悲劇等量齊觀，因爲這一部比《漢姆雷特》早了至少五年的年輕作品在詩的創作方面的確尚未完全成熟，爲了寫詩而寫而不是爲了編劇而寫的詩行，在比例上頗高。我只想再度回顧劇中若干關鍵人物或代表性人物的性向和脾氣，藉以表明此劇中命運的力量和不幸的巧合等因素固然不容忽視，人物的性格卻也不可一筆抹殺。命運如果眞的主宰一切，那麼朱麗葉和羅米歐對於悲劇的發生豈不是一點責任都沒有了？我想重新衡量若干劇中人性格的塑造情況以及劇情發展中若干啟示，以表現像命運及巧合或意外等這些力量以外的力量，與劇情的運作之間的連帶關係非常密切。若把《羅米歐與朱麗葉》說成是一部命運悲劇，未免把莎士比亞的藝術看得太簡單了。

一首十四行詩成爲全劇的開場白，相當於整個劇情概略的縮影，其中「血」「宿仇」「死亡註記的愛情」「悲慘的結局」「埋葬」「殉情」等字、句、描寫觸目驚心，已預告了故事的主題和戲劇的氣氛。（在短短的開場白裏沒有空間或時間提到劇中的喜劇成分以及羅命斯神父所扮演的角色，本文也不準備談這些問題。）

第一幕第一場含卡布列家兩個僕役的黃腔。第二場介紹了朱麗葉的奶媽說話的習慣：隨時會扯上性關係。第二幕第一場莫苦修對班佛留說到如何把避不露面的羅米歐引出來，令人感覺莫苦修的腦子裏裝滿了色慾的活動幻景。把羅米歐與朱麗葉在卡布列家化裝舞會上一見鍾情的又浪漫又神聖的一場戲（第一幕第五場）放在僕役之下流和奶媽、莫苦修之粗俗兩者之間，特別凸顯這一對青年男女的愛情之純眞與亮麗。這齣戲的觀眾在情感上早已關注在愛情發展的故事裏，對這對戀人的期許甚高，很想從容的享受和欣賞，豈知故事時間從星期一的早上開始，很快的在星期四的黎明卽已結束。從羅米歐和朱麗葉在舞會上相見的短暫時刻，到兩人在羅侖斯神父的教堂裏秘密結婚，他們兩人在一起的時候都有別人在場。兩人單獨相處的實際時間又有多少呢？恐怕不超過八小時，包括後花園「樓臺」相會，短短的新婚之夜，卡布列家族墓穴中朱麗葉「假死」醒來之前，羅米歐對她喃喃自語的時刻。

2

他們兩人偶然相遇，一見鍾情，願意放棄一切而秘密結婚再說，這種追求愛情的奔騰速度，令我在一篇英文文章的標題中用了三個關鍵字，第一個就是 HASTE，可譯爲「倉促」或「急躁」。第二個字是 FATE（命運），第三個字是 FEUD（世仇），也就是開場白裏所謂 ancient grudge。第一個字和第二個字母音同，是押韻的；第二個字和第三個字子音同，都是F開頭，押頭韻。這三個字，除在意義上各代表劇本的一個主題，其子母音韻又環環相扣，形成緊密關係，反射的三項主題也是糾纏在一起相互指涉，悲劇於是自然形成。

世仇與命運構成本劇的框架和原動力是無庸置疑的，可是我認爲「倉促」或「急躁」才是眞正的罪魁禍首，使得這愛情悲劇不得翻身。我特別指若干劇中人的性格和脾氣。首先火爆的狄包特在化裝舞會上發現不請自來的仇家子弟羅米歐，認爲這種擅自闖入的舉動對主人卡布列已構成侮辱，當場就想拔劍教訓羅米歐。幸好主人發現狄包特樣子不對勁，堅決加以制止。狄包特難以違抗長輩，但是氣極退場，暗自發誓絕不甘休。果然第二天一早他就派人送了一封挑戰書給羅米歐（此事在戲中未演出，只在後來班佛留和莫苦修對白中道出），但羅米歐與朱麗葉在後花園月光下談戀愛，一早就去見羅倫斯神父求他幫忙證婚，並未回家，所以並未收到狄包特的挑戰書。狄包特未得任何回應，才在街上到處找羅米歐，於是才碰到也在找羅米歐的莫苦修而兩人起了衝突。

第二個難以壓制的人物就是莫苦修，羅米歐的死黨，和維洛那親王艾司格勒斯有親戚關係。許多批評家、讀者、觀眾都喜歡莫苦修這個活潑聰明的性格人物。只要有他在場，氣氛馬上活絡起來。充滿了精緻幻想的仙姑詞（原文 Queen Mab 梁實秋譯爲仙后，朱生豪譯爲春夢婆）證明莫苦修想像力很豐富，他說到朋友羅米歐單戀柔莎玲的時候卻只會往男女性關係方面去發揮，猶似朱麗葉的奶媽。就因爲他似乎缺乏羅米歐那種浪漫情懷，所以莫苦修可視爲烘托羅米歐的角色。論人品，莫苦修似乎沒有羅米歐那麼可愛。進一步說，依我的看法，莫苦修在這部戲裏，除了烘托羅米歐，更有陪襯狄包特的功能，因爲劇情的發展顯示莫苦修比狄包特更爲好鬪。莎氏筆下的凱撒說凱撒比「危險」更危險，凱撒和「危險」是同日生的一對猛獅，但凱撒是老大，比它更凶；而我說莫苦修就是獅兄，狄包特只是獅弟。

在第三幕第一場裏，莫苦修對班佛留說了一段話，表面上是說班佛留為了一點無關緊要的事就會跟人吵架，其實是絕佳的自我寫照。梁實秋把這段話譯為：

> 你，唉，你會為了一個人的鬍子比你多一根
> 或少一根而爭吵起來。你會不為別的原因，
> 只為你的眼睛是榛色的，看見人家咬榛子，
> 便會和人吵架……你的頭裏充滿了爭吵，
> 就好像是一隻蛋裏全是蛋黃蛋白一樣……
> 一個人在街上咳嗽，你就和他吵架，只因他
> 驚醒了你的陽光下睡覺的狗。

莫苦修火爆脾氣的沸點非常低，他說完這些話不久所發生的事足以為證。

上面提到狄包特向羅米歐下戰書未得回應後帶了隨從上街找人，碰到了班佛留和莫苦修就說「二位晚安！我要和你們隨便哪一位說一句話。」像狄包特這樣一句話是道了晚安才說

的，也沒有甚麼對聽者特別不尊重之處，可是莫苦修的回應立刻含有挑釁的味道：（此處所用是朱生豪譯文，因為這幾行朱譯比較傳神）「您只要跟我們兩人中間的一個人講一句話嗎？再來點別的吧。要是您願意在一句話之外，再跟我們較量一兩手，那我們倒願意奉陪。」這一段臺詞裏的「一個人」和「一句話」的「一」字顯然特別用強調的字音說的，應無疑問。這種擺明了要惹人生氣的語調又豈是狄包特所能包容！所以針對莫苦修的「一句話……再來點別的吧」，狄包特立刻回以「只要您給我一個理由，您就會知道我也不是個怕事的人。」莫苦修咄咄逼人：「您不會自己想出一個什麼理由來嗎？」使對方無處可退。在此時刻，聽者狄包特就不得不說明要找的對象是羅米歐，所以他對莫苦修剛才咄咄逼人的問題不直接答覆，而說"Mercutio, thou consortest with Romeo." 意思是「莫苦修，你和羅米歐是常在一起的。」我猜想狄包特話還沒說完，聽者莫苦修卻很可能以為這就是和他作對的「理由」，同時 consort 一字另有他意——某種樂器；莫苦修就很自然的去扭曲狄包特的用法，說他怎麼可以汚辱羅米歐和他，指稱他們倆是「沿街賣唱」的人！同時手碰佩劍作挑釁狀！此刻羅米歐出現，狄包特講話對象轉為羅米歐時，言談中用字又被莫苦修故意曲解為羞辱了死黨羅米歐！眞是欲加之罪，何患無詞。莫苦修這種反應簡直像極了現在街頭遊蕩的混混，人家無意的看他一眼，他就會糾眾上前把人家揍一頓或逕用刀刺死，毫無人性可言。

很顯然的，即使羅米歐在此刻沒有出現，莫苦修對狄包特的敵意也一樣會提高，增強，沒事找喳，而狄包特也會受不了，於是造成雙方非拔劍相向不可的局面。

羅米歐出現後，狄包特就對他說「你這可惡的混蛋」（原文 villain 梁實秋譯爲「壞蛋」，朱生豪譯爲「惡賊」，字典有譯爲「惡棍」者，顏元叔選擇了「惡棍」，我個人覺得非用「混蛋」，前面再加「可惡的」三個字，始能強力表達狄包特對羅米歐的憤恨和侮辱。）羅米歐否認他是「可惡的混蛋」，並說狄包特不瞭解他等語，說了再見，想脫身。羅米歐對狄包特的心平氣和的態度和言語，莫苦修看在眼裏、聽在耳裏自然火冒三丈，因爲他根本不懂羅米歐爲何要退縮。除了羅米歐本人，當時在場的幾個人有誰知道一兩個小時以前羅米歐已和狄包特的表妹朱麗葉結爲夫妻有了新的身分和關係？他這種新的親密關係如何還能讓羅米歐跟以前那樣無所顧忌、直接了當的對付仇家子弟？（第三幕第一場）

莫苦修是羅米歐的死黨，不錯，但更應注意的一件事實是他和維洛那最高長官艾司格勒斯親王的關係：親戚；所以莫苦修比別人更應該記得親王告誡過羅米歐的父親孟太古和朱麗葉的父親卡布列不得在街上再起衝突，否則以死罪論處。身爲地方官家庭的一員，莫苦修照理說該對治安問題的警覺性比別人高，但性情急躁的他在無法理解羅米歐爲甚麼不回應狄包特的挑戰，爲甚麼會容忍狄包特的侮辱等情況下，憋不下這口氣而向狄包特大喊：「你這只會捉耗子的癟三，敢跟我走麼？……拔不拔劍？趕快啊！要不然我的劍就要刺到你的耳朵了！」（作者試譯。「趕快啊」原文卽 Make haste：HASTE，已如前述，是本劇三個關鍵字之一。）狄包特一樣的暴躁，說了聲「奉陪！」兩人就此打了起來，雖然羅米歐在旁邊叫班佛留把雙方的劍打倒在地，雖然他喊著親王有令嚴禁格鬪。莫苦修催促狄包特「趕快」拔劍，最活潑的莫苦修卻自己「趕快的」在一場莫名其妙的打鬪中喪失了生命。

維洛那親王這位近親就如此這般的變成「倉促」、「急躁」的化身。莫苦修似乎根本沒去想過打鬪會有甚麼樣的後果，譬如說給他的親戚，地方官，帶來難堪。在羅米歐出現之前，莫苦修對付狄包特的那種挑釁的言語和姿態，充分表明了只要碰到他認爲是他想要的對手，莫苦修跟他鬪一鬪簡直就是本能的衝動。若沒有理由，沒有藉口，莫苦修也會想出一套託辭去刺激對方，就像第三幕第一場沒事找喳的那場戲。

和對手對峙的緊張時刻，或許莫苦修會忘記他是艾司格勒斯親王的親戚應有的警覺，可是他總該不會忘記羅米歐是他的莫逆之交吧；他氣瘋了不就是爲了這個死黨麼？問題是：無論如何，莫苦修應該確實知道羅米歐不是個儒夫。當然他嘲笑過羅米歐單戀柔莎玲，但癡癡的單戀並不等於缺乏男子漢的勇氣。當莫苦修目睹羅米歐忍讓狄包特的時候，難道聰明的莫苦修腦中沒有閃過一絲疑雲——這個死黨在仇家子弟之前竟如此放下身段，還說甚麼「愛他」的話，畢竟該有原因吧？但「倉促」是不等人去多加考慮的。這一回，以維持尊嚴（還是面子？）爲名，「倉促」行動帶來了生命的糟蹋，可悲的浪費。毫無疑問的，是莫苦修的性格、脾氣造成自己英年早逝，他不像是命運遊戲中的一個棋子。不過他的身亡當然是這部莎劇在結構上的主要安排，以使劇情向悲劇方向的發展不可能回頭。

莫苦修之死，羅米歐責怪自己，一方面莫苦修挺身而出是爲了他，一方面莫苦修被刺重傷也是因爲羅米歐上前勸架一刹那之間擋住了莫苦修防衛的視線。本來莫苦修被殺的案子，羅米歐可以交給執法者處理，但他年少氣盛和紳士的榮譽感逼使他在極短時間內必須設法自行解決。狄包特刺中了莫苦修之後，當然有點緊張，他隨從催他離開現場，他也就走了；但數分鐘後他又回來，莫非是榮譽感迫使他必須面對自己行動的後果？從羅米歐的立場看，狄包特殺了他朋友居然還敢回來，簡直是欺人太甚，於是立刻向狄包特挑戰，爲莫苦修報了仇。在上述情況之下，羅米歐造成的錯誤雖然可以諒解，但他仍不幸成爲「倉促」的犧牲品。或者說，「倉促」和「急躁」的脾氣使得這一對死黨蒙難，一個被殺，一個殺了人。

其實羅米歐行動倉促的表現在爲朋友復仇前，就很清楚，而且他的倉促朱麗葉該負共同的實質責任。在後花園照耀著明月光，陽臺上的朱麗葉對羅米歐說（第二幕第二場）：「我雖然喜歡你，卻不喜歡今天晚上的密約；它太倉促、太輕率、太出人意外了，正像一閃電光，等不及人家開一聲口，」就消失了。朱麗葉明知和羅米歐的愛情步伐太快，但禁不住突然在二十四行之後就把兩人的密約推進到正式結婚的提議：

> 要是你的愛情的確是光明正大，你的目的是在於婚姻，那麼明天我會叫一個人到你的地方來，請你叫他帶一個信給我，告訴我你願意在甚麼地方、甚麼時候舉行婚禮；我就會把我的整個命運交托給你，把你當作我的主人，跟隨你到天涯海角。（朱譯）

如此這般類似逼迫、誘惑、又投降的「攻擊」，使得多情的羅米歐不得不立卽回應。他難分難捨的離開朱麗葉後，立卽奔赴教堂找羅倫斯神父幫忙，說 I stand on sudden haste ——又是 haste，倉促。從月光下訂終身到第二天下午在教堂秘密結婚，先後大概只有十四小時。

因爲脾氣或行動倉促或急躁而受害的年輕人還不止羅米歐、朱麗葉、狄包特、莫苦修，還有派里斯公爵（與莫苦修一樣，是維洛那親王的親戚）。本來派里斯是個作風持平、彬彬有禮的年輕貴族。當他聽說朱麗葉的表兄狄包特身亡，他就向卡布列夫婦告辭，說不宜在大家傷心之際來談求婚的事（第三幕第四場）。可是在最後一幕戲裏，他去卡布列家族之墓向朱麗葉獻花時發現羅米歐正在私下強行打開墓門，情急之下要逮捕羅米歐這通緝犯歸案而和羅米歐起了衝突，死於羅米歐劍下。

派里斯當然並不知道羅米歐的新身分，也不曉得墓穴中的朱麗葉是假死。派里斯是個剛剛失去新娘的可憐人，恐怕是基於榮譽感挺身而出而遭殺身之禍。原來可以通知治安當局去處理，不必自己逞強，但「倉促」一時控制住他，又虛擲一條年輕生命。

3

「倉促」和「急躁」在這齣戲裏倒不是青年人的專利。朱麗葉的爸爸是個老年「恐怖分子」。本來狄包特在化裝舞會上發現仇家的兒子居然不請自來，構成對卡布列家族的侮辱，意欲當場發作。不料卡布列反倒說起羅米歐的爲人在維洛那地方上口碑甚佳，不必去理會他，尤其家中開舞會，客人那麼多，絕不可輕舉妄動。這一番意思非常合理，但制止狄包特採取行動而說的那番話是非常凶狠的。爲了節省篇幅，那番話不舉例了。更具震撼性的例子是卡布列駡女兒的話。(原文見第三幕第五場,譯文採用朱生豪。)

她不要嫁人嗎?她不謝謝我們嗎?她不稱心嗎?像她這樣一個賤丫頭……怎麼!怎麼!胡說八道!這是甚麼話?甚麼「喜歡」「不喜歡」,「感激」「不感激」?好丫頭,我也不要你感謝,我也不要你喜歡,只要你預備好星期四到聖彼得教堂裏去跟派里斯結婚;你要是不願意,我就把你裝在木籠裏拖了去。不要臉的死丫頭,賤東西!……該死的小賤婦!不孝的畜生!我告訴你,星期四給我到教堂裏去,不然以後再也不要見我的面。不許說話,不要回答我;我的手指癢著呢。……家門不幸,出了這一個冤孽!不要臉的賤貨!……好,你要是不願意嫁人,我可以放你自由,

盡你的意思到甚麼地方去，我這屋子裏可容
不得你了。……你去上吊也好，做叫化子也
好，挨餓也好，死在街道上也好，我都不管，
因爲憑著我的靈魂起誓，我是再也不會認你
這個女兒的，你也別想我會分一點甚麼給你。
我不會騙你，你想一想吧。

客官，你吃得消麼？很難想像一個體面的世家的主人，或任何一個做父親的人居然（妻子和奶媽也在場）直呼其親生女兒爲「不要臉的賤貨」（原文 baggage 可作「娼婦」解，朱生豪算譯得客氣的）！先前舞會上罵狄包特那幾句怒言只不過是熱身運動罷了。說起來，這老頭子是爲朱麗葉好——朱麗葉在表兄狄包特死後終日飲泣，老爸以爲女兒的悲淒情懷全是爲了狄包特，突然得到靈感要辦喜事以沖淡她的哀傷，是爲了愛護她，爲她好，才決定要她趕快嫁給派里斯公爵。卡布列獨斷獨行，而且非要人家聽他的不可，不是暴君是甚麼！

卡布列決心立刻下嫁女兒就親自去問派里斯：「您不嫌太匆促嗎？」這老頭子自己也知道是太「匆促」了，而青年人則是本能的倉促行動或急躁脾氣引發了後遺症。可憐的朱麗葉

受到老爸痛責痛罵之後，百般無奈的走了一步險棋，最後導致她的殉情——倉促的父親是女兒毀滅的始作俑者應無庸置疑。

不過讀者不會忘記劇首開場白十四行詩中特別提到男女主角之愛是 death-marked（帶有死亡記號）；在他們兩人的臺詞裏，壞運道和災難的預感時時出現，使愛情路上蒙上恍動的陰影。

第一幕第四場，去參加化裝舞會的中途，羅米歐告訴同伴頭一天夜裏夢中得知一連串不幸事故自即日起開始發生，終將導致他死得不是時候。

第三幕第五場，新郎從陽臺循繩梯下來，新娘從陽臺看已落地之新郎，焦慮的問他「你想我們會不會再有見面的日子？……上帝啊！我有一顆預感不祥的靈魂：你現在站在下面，我彷彿望見你像一具墳墓底下的屍骸。也許是我的眼光昏花，否則就是你的面容太慘白了。」在最後一場戲裏，果然朱麗葉在卡布列家族墓穴中從假死迷魂藥藥效過後醒來的時候只看到已經仰藥自殺的羅米歐。

第五幕第一場，羅米歐獨自苦守在曼都亞等消息時又做了一個夢「我夢見我的愛人來，並且發現我死了——眞是怪夢，還讓死人思想——她吻我的嘴唇把生命吹進去，於是我復活了，並且成爲一個君王」（參照梁實秋和朱生豪譯文稍加改動）。同幕第三場，朱麗葉果然發現羅米歐的屍體，嘴唇還是溫暖的，不幸這一次不能再使他復活了。

上面列舉的不祥預感和一再出現的一閃即逝及火藥爆發瞬間毀滅的意象，加上那些導致悲慘結果的偶發事件，再三的使我們想起開場白中強調的「命運」的力量。可是經過我在前面第二節和第三節重新探討莫苦修、狄包特、羅米歐和朱麗葉這些年輕人的性格和脾氣，以及現場狀況之後，包括朱麗葉老爸的暴君形象，原來視爲當然的命運主宰一切，無可違抗的力量似乎被比了下降若干程度。羅米歐和朱麗葉那種知其不可爲而爲的表現使我們強烈的感受到他們倆並不是在命運陰影籠罩之下的被動的犧牲者。他們倆的運氣一直到莫苦修的不必要的死亡才急轉直下，而我們不可忘記莫苦修之死因根植在他衝動的性格和愚蠢的、好挑釁的高姿態。

換句話說，朱麗葉和羅米歐作爲悲劇人物的地位似乎應可較前提高。他們不是怪可憐的人物，他們的戲是嚴肅的、具有震撼力的殉情悲劇，值得我們去仔細研讀。

5

最後，我想探討一下「世仇」這個問題。卡布列和孟太古兩家族的世仇是整個悲劇的基本架構，讓打架和災禍的發生形成觀眾可以期待的刺激。按一般的情形，劇中若干臺詞會間接或直接透露所謂的世仇爲甚麼發生，甚麼時候開始，以便觀眾對於雙方的仇恨拖了這麼久（原文 ancient grudge 顯然指這項仇恨由來已久）大致有個瞭解。但莎士比亞甚麼都不說，連暗示的詞兒都沒有。

若干莎劇專家認爲莎士比亞在這個問題上保持緘默是設定的策略，使觀眾不能偏袒任何一方，因爲追敍的歷史是很容易受到爭議的，不同的人持不同觀點會得到不同的結果。沒有任何歷史或追敍，使觀眾對卡布列和孟太古任何一家毫無偏見。世仇，可以這麼說，是「先天的」狀況，不得向它質疑，就是這樣。

把莎士比亞在《羅米歐與朱麗葉》劇本之中就世仇的來龍去脈不做任何交代一節，視爲劇作家讓觀眾對敵對雙方的態度保持中立的一種策略，雖然未嘗不可，但如此評估恐怕還不够明智，也不够深入。我個人認爲馬克吐溫才眞正看透了莎士比亞的心意。莎士比亞完成愛情、暴力、浪漫悲劇《羅米歐與朱麗葉》兩百五十年之後，馬克吐溫改編了該劇的世仇部分，納入《赫克風流浪記》的第十七章和第十八章。這兩章講的是美國南方葛蘭吉福和薛伯遜兩大家族相互屠殺的世仇傳奇。

有一天晚上，赫克風和黑奴吉姆搭乘的木筏即將被突然出現在眼前的汽輪撞上的時候，兩人分頭跳入河中逃生，一時沒再碰頭。赫克風脫險後游泳上岸，暫時被收留在葛蘭吉福家中。赫克風很快的成爲這家小兒子勃克的玩伴，兩人年紀相彷，都十二、三歲。某日兩人在林中狩獵，聽到有馬飛奔而來。勃克叫赫克風趕緊找掩蔽，一邊開槍射擊騎馬者，他是薛柏遜家年輕兄弟之一。接著兩邊互射數槍，不過沒人受傷。事後赫克風想知道勃克伏擊對方的理由。我試譯兩位少年的對白如下：

「勃克，你剛才要打死他？」

「是啊！我眞想打死他。」

「他對你怎麼樣了？」

「他？他從來沒惹過我。」

「那你爲甚麼要他的命？」

「沒甚麼了——只是爲了世仇。」(feud)

「世仇是甚麼？」

「嘿，你在那兒長大的？世仇是甚麼都不知道？」

「從來沒聽說過——告訴我那是甚麼東西。」

「好吧，」勃克說，「世仇就是這樣：一個人和另外一個人吵架，後來就把他打死；然後，那個人的弟弟就把另外一個人打死；於是雙方的兄弟都出馬各找對象把他們殺死；再來就輪到表兄弟、堂兄弟一一加入——過一陣子，人都被打死光了，那世仇就沒了。不過，進行很慢，要花好久一段時間。」

「那麼這一次是不是已攪了很久了，勃克？」

「我想是吧：三十年前開始的，大概就那個時期，差不了多少。當時爲了甚麼事有點麻煩，然後要打官司來解決；有一個人被判輸了這場官司不服，於是站起來開槍打死了那個贏了官司的人——他自然會那麼做，這是理所當然的事。隨便甚麼人都會這麼做的。」

「勃克，你說的麻煩事是甚麼？土地麼？」

「大概是吧——我不清楚。」

「那當初開槍的人是誰呢？是葛蘭吉福家的人，還是薛伯遜家的人？」

「老天爺呀！我怎麼會知道？那是多久以前的事了。」

「總該有人知道吧？」

「喔，我想爸爸知道，還有幾個年紀大的人，可是究竟當初爭執些甚麼，他們也說不上來了。」

從赫克風和勃克這兩個天眞的少年的對白中得到的「世仇」的定義和後果，我們可以看出馬克吐溫對於世仇的恐怖；世仇竟然是來源不明、忘記了的事情所造成的，然而敵對雙方的人，不管年老年少，仍執迷不悟的擁抱着已經僵化的一種傳統儀式去生活，或者應該說是去殺人。

他所看到的、聽到的、不懂的一切，使赫克風嚇了一跳。然後默然無語，只想離開這個鬼地方。馬克吐溫用嚇呆了的赫克風的經驗爲《羅米歐與朱麗葉》悲劇裏的世仇寫下一個注解：莎士比亞對該劇世仇的起源完全保持緘默，保持緘默本身就是莎士比亞對人類的重大暗示，就是說，人們對於祖傳的傳統不明究理的卽全盤接受，會帶來無謂的犧牲和可怕的後遺症。

在馬克吐溫將完成他的小說《赫克風流浪記》（出版於一八八四年）大約同時，麥修阿諾德正在寫〈都弗海濱〉（"Dover Beach"），以這些詩行爲結束：

> 我們在這兒，就像在幽暗平原上，被
> 爭鬥、逃亡的混亂、驚惶所橫掃，
> 曚曨的大軍在黑夜裏互撞。

這幅十九世紀末英國都弗海濱的幻想的景象也使我們憶起莎士比亞演出的義大利維洛那街頭的衝突、混亂、驚惶。

補充說明：

㈠本文源自 "Haste, Fate, Feud: Verona Revisited"（《淡江學報》二十期，七十二年六月出版）及〈致朱麗葉〉（《聯合報》六十九年二月三日副刊，已收於《逼稿成篇》一書）。本文基本上是英文稿的翻譯和改寫。英文稿十點注釋未移過來，如有需要請查該文。

㈡引用《羅米歐與朱麗葉》譯文爲梁實秋或朱生豪，或自譯，文中均已說明。

㈢劇中人名多爲自譯，爲求更接近原音所做的努力，如艾司格勒斯親王，卡布列，孟太古，狄包特，班佛留，派里斯，柔莎玲等。Mercutio，朱生豪譯爲「茂丘西奧」似太嚕囌，梁實秋譯爲「墨枯修」尚可，「枯」可意指將死也。我用「苦」字有意暗示他苦命，不過最重要的是「莫苦修」三個字連起來是對這個愛開玩笑的 Mercutio 開個玩笑！至於「羅密歐」改爲「羅米歐」則純屬個人好惡。

奧塞羅的黑

文化史家和文學史家說，十六世紀末之前英國人想像中的典型非洲人都是黑皮膚，面貌醜惡，好色，殘暴，未開化的野蠻人。當年文藝作品中的非洲人角色就是這一類型的。莎士比亞在十七世紀初年開始撰寫《奧塞羅》的時候，他已經有過塑造摩爾人角色的經驗，那就是故事情節很恐怖的復仇劇《泰特斯·安卓尼科斯》（*Titus Andronicus*）裏面的陰險、暴虐的摩爾人艾淪 Aaron[1]。

雖然艾淪曾爲了想救他私生子一命而表現了一點高尚的情操，基本上他仍是依麗莎白時代劇院觀眾原來心目中的惡毒角色，只是《安卓尼科斯》劇中的許多白種人角色也是些奸詐、粗暴、毫無憐憫心腸的惡人。如果莎士比亞在新的劇本裏再引進一個典型的非洲人或摩爾人，那就很難創造有利的戲劇效果，除非變成喜劇人物，製造笑料。結果莎士比亞利用義大利作家 Giraldi Cinthio 的故事集中的資料改編成《奧塞羅》悲劇，把大眾心目中的缺乏人性的摩爾人塑造成一位值得敬佩的悲劇英雄人物。在十六和十七世紀，有些遊記和商人見聞出版成書，知識分子可從中知道一點非洲的眞實情況，莎士比亞也可能從中得到一些對非洲文化方面比較平衡的報導。而且在莎士比亞寫作的年代，部分英國人在倫敦街上和其他英國港口可親眼見到活生生的非洲人，而這些非洲人並非全然是黑皮膚，有的膚色很淺❷。在《威尼斯商人》一劇中，莎士比亞即簡介了一位黃褐色皮膚的摩洛哥王子，但在該劇中並非重要角色。可是莎士比亞很瞭解一般人對「黑」這個顏色是無法和非洲或典型非洲人分得開的，因此創造奧塞羅爲悲劇英雄人物實在是一項重大挑戰。

再說，莎士比亞同代作家 George Peele 寫的 *The Battle of Alcazar* (1588) 一劇中出現兩個摩爾人，一黑一白，而且都是重要角色，不過那個白皮膚的摩爾人比較好，那黑皮膚的摩爾人根本就是個惡人。這齣戲裏角色塑造相當粗糙，幾乎完全以膚色的深淺來確定性格好壞。所以此劇雖出現了一個皮膚很白的摩爾人，卻未能改變觀眾對非洲人的偏見。

非洲人或摩爾人的形象和性格既然已在觀眾心裏面定了型，我們來看看莎士比亞的奧塞羅究竟是甚麼樣的人。本文試圖討論莎士比亞如何發揮定了型的摩爾人搬上戲臺的戲劇效果，如何強化黑色的表面訊息，如何加強黑色的曖昧訊息以使曖昧的黑能成爲作家原來想傳達的印象。奧塞羅的膚色是不容變更的視覺證據，它在本劇中卻一直是似是而非的，歧義性的，而基本上是極具反諷意味的。

本劇第一幕三場戲和第二幕三場戲的第一場，涉及摩爾將軍的面貌和形象的文字，表面上幾乎處處使他顯得討人厭：

Roderigo: the thick lips	厚嘴唇的。
Iago: an old black ram	又老又黑的公羊。
Iago: the devil	魔鬼。
Iago: a Barbary horse	巴巴里馬。
Brabantio: a sooty bosom	漆黑的胸膛。
Duke: Your son-in-law is far more fair than black	你的女婿光明正大遠比他的黑皮膚重要。
Iago: the devil	魔鬼
Iago: loveliness in favour... and beauties; all of which the Moor is defective in.	相貌和魅力都是這摩爾人所欠缺的。

(1, 1, 66, 88, 91, 111; 1, 2, 70; 1, 3, 290; 2, 1, 225, 228–229)

誠然，這些措辭大多是輕視或憤怒的語言；說話的人都反對奧塞羅，因此那些措辭並不令人訝異，不過莎士比亞在這些片段裏頗爲強調奧塞羅皮膚之「黑」，也說明了他很瞭解他的劇院觀眾的意識之中，想像之中，和白人對非洲人的迷思，就是這樣一成不變的。至於威尼斯公爵的話是在安慰黛絲蒂夢娜的父親，免得他的自尊心受創過大；公爵並未故意強調黑色代表次一等或禍害。然而他這一番話也無意中說明了一般人的意識中，很容易把黑色與不受歡迎的事物聯想在一起。

莎士比亞到此爲止，對奧塞羅的勇氣與高貴氣度雖也安排了少許讚美的臺詞，但似乎特別強調奧塞羅在觀眾面前不利的視覺外觀。奧塞羅的本性或特質也一再的受衣阿溝、洛特利溝及布拉班希歐的汚衊。衣阿溝與布拉班希歐在提到奧塞羅「偷」了黛絲蒂夢娜，不約而同的稱他爲「盜賊」。洛特利溝說他「好色」，就因爲和奧塞羅私奔的白種女人是洛特利溝一直沒有追上的對象。衣阿溝更以爲奧塞羅曾經使他戴了綠帽子。奧塞羅一再受到黛絲蒂夢娜的父親的語言攻擊。這位元老院資深議員怪罪女兒的情人，爲了勾引和佔有美人，竟使用違禁的邪術和符咒，或「巫術」，以達到其卑鄙的目的。

有評論家引述第一幕第三場將近結束時，衣阿溝對洛特利溝說「這些摩爾人是容易改變主意的」這句話，說它指摩爾人脾氣不穩定、善變，其實這句話的上下文明白顯示這句話是指奧塞羅對女人的胃口，饑不擇食但也容易日久生厭。衣阿溝對洛特利溝說的下一句話，似可澄清上述疑點：

> The food that to him now is as luscious as locusts, shall be to him shortly as ascerb as the coloquintida.（1, 3, 349–350）
>
> 現在他吃的東西味同美食，不久他就會覺得它又苦又酸。

衣阿溝對奧塞羅的看法，或者在洛特利溝面前，衣阿溝表示他對他的摩爾長官很瞭解，實際上與洛特利溝所謂的「好色的摩爾人」是不謀而合的。他們兩人的說法代表一般人普遍認爲非洲人都是色狼的錯覺。下面引述的衣阿溝臺詞更是以淋漓盡致的鮮明畫面，肆無忌憚的勾勒出奧塞羅一身兼具粗暴與淫蕩的獸性：

an old black ram is tupping your white ewe (1, 1, 88-89)

一隻大黑羊正在和你的小白羊交尾。

your daughter cover'd with a Barbary horse (1,1,111)

你的女兒正在和一匹巴巴里馬交媾。

your daughter and the Moor are now making
the beast with two backs (1,1,115-117)

你的女兒和那摩爾人正在上演雙背畜牲。

衣阿溝在本劇開始不久就用這些獸與性交織而成的意象與動作辱罵他的黑人長官，連帶把一位無辜的白種淑女拖入泥沼。事情這麼早就形成這樣的污染局面，莎士比亞似乎在預示衣阿溝的行動原則不外乎是「不擇手段以達到目的」。然而衣阿溝會發現他作繭自縛，設計陷害敵人的羅網竟也困住了自己，終於導致一連串原本沒有預謀的殺人勾當。無論奧塞羅的皮膚有多黑，衣阿溝的白皮膚終於抵擋不了其他人物對他的憤怒。這位頭腦絕頂聰明的侍從官，說那個摩爾人是一個「作惡多端的蠻子」，這當然是一種典型的錯覺，在衣阿溝對奧塞羅的誣陷活動方面，最後並未產生實質作用，一時受騙的只洛特利溝而已。

上段提到衣阿溝的官職，在原文中為 Ancient 或 Ensign，中譯通常用「旗手」或「掌旗官」，如此翻譯或有原文名詞的歷史原因，但對中文讀者毫無幫助，反有誤導作用。Cassio（卡希歐）的官職 Lieutenant 譯成「副官」更容易引起誤解。名為「旗手」或「掌旗官」的衣阿溝，其職責實相當於我國以前軍中的所謂「副官」，經常在長官左右隨時侍候他的一名軍官——衣阿溝在奧塞羅心目中，似又比「副官」高一點，所以我把衣阿溝的官職譯為「侍從官」，以降低「副官」只是「當差」的那種含義。而卡希歐被派任為 Othello's Lieutenant 的意思是：在奧塞羅指揮的部隊中，奧塞羅是最高指揮官，卡希歐的地位是一人之下、萬人之上，相當於「副指揮官」，譯為「副官」太離譜，譯為「副將」尚可用，我認為用「副指揮官」最能代表其責任的重大和地位的崇高，這也更能說明為甚麼衣阿溝怨恨老長官奧塞羅和嫉妒卡希歐的原始原因，為甚麼衣阿溝一開始想報仇就把這兩個人都視為對象。

衣阿溝為了報復奧塞羅沒有提拔他做副指揮官，同時還要垂涎黛絲蒂夢娜美色的洛特利溝，在她嫁給奧塞羅之後，繼續相信他仍有辦法幫洛特利溝把美人弄到手，所以一有機會就在洛特利溝面前說些奧塞羅的缺點❸：

But he, as loving his own pride and purposes,
Evades them [three influential Venetians who spoke for Iago]
with a bombast circumstance,
Horribly stuff'd with epithets of war. (1, 1, 12-14)

他呢，一味的傲慢、自做主張，對我的說客大放厥詞，滿口軍事術語，對說客的進言卻敷衍了事。

... bragging and telling her fantastical lies. (2, 1, 222)

對她一直自誇，說些荒誕不經的謊言。

爲衣阿溝升官向奧塞羅進言的威尼斯有頭有臉的人物沒有得到將軍的面子，這樣的結果當然是眞的，至於將軍的態度是否傲慢，將軍對說客們的答覆是否只是敷衍，我們不得而知。不過衣阿溝講奧塞羅在黛絲蒂夢娜面前「說些荒誕不經的謊言」，如果是指將軍在元老院議員布拉班希歐家裏，應老先生之請述說其生平的閱歷時，提到的「那些肩上沒有頭的民族」，那倒確是不眞實的傳說而已，然而其他的冒險犯難、驚人的變故、爲敵俘虜被賣爲奴等事似乎不是我們所認識的奧塞羅可能亂蓋的天方夜譚。最重要的一點考量是，劇本本文顯示奧塞羅講他生平經歷時的聽衆只有黛絲蒂夢娜與她的父親布拉班希歐。衣阿溝根本不在場。瞎編故事和誇大其詞的人是衣阿溝，不是奧塞羅。

這位侍從官的謊言的最大受害者是奧塞羅，尤其第三幕的謊言邪惡之至。在整部戲裏，時常受騙受利用的人當然是洛特利溝，被衣阿溝騙取金錢和珠寶，時時以爲自己終能有得到黛絲蒂夢娜的機會，因爲他這個笨蛋被衣阿溝說服了一件事：他，白種人，外表不差，奧塞羅的黑皮膚（視覺證據）跟他比是處於劣勢的。

現在最值得我們注意的是，有關奧塞羅令人厭惡的黑色皮膚，不論直接或間接的指涉，在第二幕第一場以後就停止了。「黑」的印象已經增強，「黑」的事實已經無法否定，所有人的眼睛已使奧塞羅的「黑」無所遁形。不過，當「黑」這個字不再被使用的時候，好像觀衆或讀者也就不去想它了。可是，忽然之間，我們發現在關鍵性的第三幕第三場裏，奧塞羅已然掉入衣阿溝的陷阱，開始意識到自己的膚色：

For she had eyes, and chose me. (3, 3, 193)

她有眼睛，是她自己選擇了我。

Haply, for I am black. (3, 3, 267)

或許因爲我是黑人。

My name, that was as fresh
As Dian's visage, is now begrim'd and black
As mine own face. (3, 3, 392-394)

我的名聲本來和戴安娜的面貌一般的
鮮明，現在卻像我自己的臉這麼污黑。

奧塞羅對自己的膚色愈來愈敏感，這種心理上的發展使他覺得一個被戴上綠帽子的丈夫所受的傷害，不容懷疑，同時這亦使他倔強的嫉妒之心如火中燒。有一位英國學者說得好，衣阿溝跟著奧塞羅跪下發誓願全心全力協助將軍完成報仇雪恥的任務的時候，「奧塞羅吸收了衣阿溝的本性，學會說他的語言，充滿懷疑與暴力的語言」❹。易言之，奧塞羅對於他的種族和膚色有了自覺時，緊跟而來的是他內在的瞬間轉變，一剎那間成爲一個滿懷仇恨、行動粗暴的黑人，他所有的惡魔似的本能隨時可以一爆卽發。隨著劇情的發展，我們不得不同意另一學者的說法：此時「要塑造一位能完全博取同情的摩爾人是很難的，尤其是因爲劇情涉及摩爾人謀害他的歐洲籍妻子」❺。雖然在觀眾眼中衣阿溝的邪惡和罪行一覽無遺，但是另一方面，事實擺在眼前，奧塞羅已經受到侍從官奸詐的微妙影響，已經決心要採取他所謂的「正義」行動，取他太太的命，取卡希歐的命；在衣阿溝的罪惡和奧塞羅的罪惡之間似乎形成了一個平衡點，在這種情形之下，莎士比亞是否能使觀眾傾向於同情奧塞羅的處境，仍是疑問。上面所引述的那一種困難，其實這一齣緊張的戲直到卽將結束的時候，那一種難以抉擇的困難是一直存在的。

在最後的一場戲裏，摩爾將軍再次被稱爲「魔鬼」，這回罵他的是伊米麗亞，衣阿溝的太太。在第二幕第一場以後不再聽見的「魔鬼」一詞，在全劇結束前的幾分鐘內又有了它的回聲。黑的色澤與魔鬼的本性於此再度融合，提醒了觀眾原先對非洲人的那種典型印象。

奧塞羅在舞臺上的角色非常戲劇化，他可以說是一個異邦角色，「浪漫」的異型人物，易於引起觀眾的興趣和注意。由這個角度看，奧塞羅可能變成通俗鬧劇的一個角色。觀眾預期見到的是個殘暴和好色的摩爾人。可是，衣阿溝那些顯然毫無根據的抨擊，實際上反而幫了這個摩爾人的忙，使我們覺得至少能够同情奧塞羅；劇情的這種轉變是莎士比亞給看得目瞪口呆的觀眾第一個意外的驚訝。

莎士比亞繼而發揮這意外的驚訝的戰果，讓衣阿溝順利地勾起奧塞羅的猜忌，造成預期的暴力行動，使奧塞羅此刻似乎回到了觀眾最初預期見到的典型的非洲人模式。此時劇院內包廂裏的觀眾與買站票的觀眾有一種奇妙的交互反應，又吃驚又感到滿足：吃驚的是人物塑造的改變，滿足的是他們自我安慰的認爲，打從一開始他們對這個黑將軍的看法就是「對」的。

莎士比亞必須從現成的通俗鬧劇編排方法轉而開創一個極度困難的策略，使奧塞羅從非洲人的定型脫身出來，並使奧塞羅的高尚人格取信於觀眾，以創造一個新的悲劇英雄形象。莎士比亞在這部戲裏，充分運用了奧塞羅堅持得到的「視覺證據」（The ocular proof），要「親眼目睹」他太太黛絲蒂夢娜紅杏出牆，把它轉化爲奧塞羅自己意識到黑色皮膚的不可磨滅的「視覺證據」，再把它轉化爲黑的表面不一定是「黑」的內容，黑的內容的表面有可能是「白」的——莎士比亞的「奧塞羅」既深具反諷意味，也富有道德感。反正都是「黑」惹的「禍」！

注釋

❶ 本篇英文稿發表於一九八六年四月之《淡江學報》二十四期，頁三九七～四〇四，題爲 "The Ocular Proof: The Colour of Othello's Skin." 中譯初稿承淡江大學許邏灣碩士完成，特此表示感謝。英文原作若干片段章句之內容以及中譯初稿之文字有所變動。

❷ 參閱下列各書及期刊論文：

Eldred D. Jones, *Othello's Countrymen: The African in English Renaissance Drama* 1965, p. 86.

G. K. Hunter, "Othello and Colour Prejudice", Annual Shakespeare Lecture of the British Academy, April 19, 1967, published in 1968.

Jack Reese, "The Formalization of Horror in *Titus Andronicus*", *SQ* 21 (1970), 79.

Andrew V. Ettin, "Shakespeare's First Roman Tragedy", *ELH* 37, 1970, p. 341.

Eldred D. Jones, *The Elizabethan Image of Africa*, 1971, pp. 1-2.

Doris Adler, "The Rhetoric of *Black* and *White* in *Othello*", *SQ*, 1974, pp. 248-257.

引用 *Othello*（《奧塞羅》）原文時，採 M. R. Ridley 編注之 The New Arden Edition (1958)。中譯部分採梁實秋中譯本，但字句及人名時或有所改譯。

❸ 有些學者對奧塞羅這個角色甚爲感冒，不認同他是一個悲劇人物。Katherine Stockholder, "Egregiously an Ass: Chance and Accident in *Othello*", *SEL* 13, 1973, pp. 256-272. 這篇文章可視爲上述立場的論著之代表作。

❹ M. C. Bradbrook, *The Living Monument: Shakespeare and the Theatre of His Time*, 1976, p. 162.

❺ K. W. Evans, "The Racial Factor in *Othello*", *Shakespeare Studies* 5 (1970 for 1969), p. 125.

論約克公爵一角與《瑞查二世》的主題

莎士比亞的《瑞查二世》常被視爲描寫柏靈布如克與英王間權力鬪爭的故事，無能的君主最後敗給務實的赫弗德公爵柏靈布如克。但全劇情節並未呈現兩人間的權力衝突的場面。劇中有壯觀的場面和武力的展現，但無打鬪場景或明顯可見的硬碰硬的競爭❶。

瑞查王自愛爾蘭班師回朝，獲悉一連串噩耗❷：

For all the Welshmen, hearing thou wert dead,
Are gone to Bolingbroke, dispers'd and fled.
White beards have arm'd... Against thy majesty;
boys with women's voices... against thy crown;
Thy very beadsmen... against thy state;

Yea, distaff women. . . against thy seat:
both young and old rebel, . . .
Bushy, Greene, and the Eart of Wiltshire. . .
lost their heads.
Your uncle York is join'd with Bolingbroke,
And all your northern castles yielded up,
And all your southern gentlemen in arms
Upon his party.

(3, 2, 73-74, 112-113, 115-119; 3, 2, 141-142; 3, 2, 200-203)

所有的威爾斯人（支援英王的部隊），
聽說你已死去，紛紛向柏靈布如
克那邊奔逃……白鬍子的老者，
孩童，受僱爲你祈福的人，手執
紡桿的婦女，年輕人和老年人，
都武裝起來，開始叛變。卜希，

格林，和威爾特舒伯爵都被斬首了。你的叔父約克已經和柏靈布如克結合在一起了。你的北部的城堡盡已投降，你的南部的貴族紛紛投到他那邊。

於是瑞查王立刻決定放棄一切：

Go to Flint Castle, there I'll pine away—...
That power I have, discharge ...
Discharge my followers; ... (3, 2, 209, 211, 217)

到弗林特城堡，默默地、消沉地、
憔悴以終。我還有的軍隊，
解散它們；跟我的人，也遣散。

不久在弗林特城堡底下的中庭，君臣兩人曾短暫相會。對柏靈布如克提出的收回放逐出境的旨意以及歸還蘭卡斯特領地的要求，瑞查王答道：

> Your own is yours, and I am yours, and all. (3, 3, 197)
>
> 你應得的是你的了，我也是你的，
> 一切都是。

瑞查王自願被押解到倫敦廢除王位。最後瑞查王在龐福瑞城堡獄中雖然反抗殺手，但那是絕望之人對抗暴力的最後一舉，不能視爲敵對雙方的競爭。

在《瑞查二世》劇中，莎士比亞仍舊表現了在早期所寫的歷史劇中對片段情節的興趣，但已將重點移至主人翁退位過程中的心理世界。莎士比亞不僅藉由瑞查王的行爲舉止（包括他拒絕採取某些行動）來表達，更成功的透過瑞查的語言以呈現其心理世界。雖然全劇中，作者爲瑞查只安排了一場內心獨白——在最後一幕的倒數第二場——但前面幾幕，特別是第三和第四幕（3, 2, 145-170; 3, 3, 133-141; 3, 3, 143-170; 4, 1, 162-175）的許多臺詞，聽起來像獨自沉思的內容或自言自語。他退位那一場戲的許多臺詞深深表露了當時內心的悲哀，絕望的情緒，個人身分地位的變化，以及對現實的認知。近代學界仔細研讀《瑞查二世》，認爲本劇在描摹一個悲劇人物[3]。這些研究意味著該劇將瑞查二世成功地塑造爲值得注意的角色；而由於莎士比亞對廢王的關注，使我發現對他的對手柏靈布如克一角的研究有了新的方向，就是說，柏靈布如克篡位的野心只表現在他的最後行動，而且非等到另一名角色，約克公爵，實際引發了行動，否則柏靈布如克的終極企圖始終未在他的言詞之間流露。

這齣歷史劇中，英王和柏靈布如克之外的角色似乎都很單純，因爲他們的個人立場，忠誠或變節，在開場不久就交代清楚。瑞查不顧約克公爵的抗議，決定沒收剛逝世的伯父剛特（蘭卡斯特公爵）的田產，並宣布次日卽御駕親征，去愛爾蘭收拾叛軍，隨卽與皇后、歐默爾（約克公爵之子）、寵臣卜希、格林、白格特離開舞臺（第二幕第一場二一三行結束後）。諾森伯侖伯爵、洛斯爵士、魏洛貝爵士三人留下聚談，深感大局有變，遂議論紛紛。此時諾森伯侖透露，他得悉被放逐的赫弗德公爵柏靈布如克偕同眾多支持者率八艘大船及三千士兵不久卽將到達英格蘭北部海岸。三位貴族眼看國王日益墮落，他們自己和子女危在旦夕，一致決定背棄瑞查，北行投效柏靈布如克。次場，據報，諾森伯侖的弟弟烏斯特伯爵已辭去宮內大臣之職，所有宮內人員隨他一起投奔柏靈布如克。

情勢演變至此，令瑞查親信害怕，於是白格特決定去愛爾蘭投奔主子（但中途被柏靈布如克逮捕，見第四幕第一場舞臺指示及第一行臺詞），而卜希和格林逃出宮外想找地方躲起來（後來也遭逮捕，被伯靈布如克下令處死，見第三幕第一場二九至三〇行）。

對上述的人物以及劇中其他角色而言，問題很簡單。效忠瑞查王，或服膺柏靈布如克的號召及屈服於其武力。但對瑞查和伯靈布如克二者的叔父約克公爵來說，問題就比較複雜了。約克在剛特死後成爲最重要的宮中大老，雖然先前（第二幕第三場一〇七至一一一行）他曾嚴厲指責柏靈布如克未獲主上赦免即結束流亡返英，又率軍與國王公然爲敵，挑釁的意味甚濃，難脫叛變之嫌，但後來正式向柏靈布如克轉達瑞查自願下臺的消息的人卻也是約克公爵（原文第四幕第一場一〇七至一一〇行）。

稍早時，約克和剛特一樣，深信瑞查王權的神聖性，但不久即爲保護簒位者亨利四世不被暗殺而毫不猶豫的譴責自己的兒子歐默爾爲叛君陰謀集團的一員（第五幕第三場七〇至七一行）。約克效忠的對象由瑞查轉移至柏靈布如克，與卡賴爾主教、約克本人、瑞查國王和剛特都一致強調的「君權神授」信條，顯然相衝突。

剛特無法說服國王洗心革面以救亡圖存。剛特在第二幕第一場即已因病去世，其子柏靈布如克後來舉兵反抗國王（他老爹曾說過他絕不會高舉「一隻憤怒的胳膊」去對付瑞查王），已故的剛特若是地下有知，會如何反應，我們無從得知。卡賴爾主教因與仍舊堅持奉瑞查爲正朔的西敏寺住持共謀行刺柏靈布如克（已登基爲亨利四世），遭軟禁一生處分（原文第四幕第一場三二一至三三四行；第五幕第六場二四至二七行）。

眾叛親離的消息傳到瑞查耳中，在尚未與他表弟正面交鋒前，儘管身邊謀士眾口擁護君權神授說，瑞查早已覺悟這個信條無濟於事。他向柏靈布如克投降的速度出人意外地快，但這也許更顯示其識時務的心態。他的做法使君權神授的觀念動搖，也引人懷疑瑞查本人是否也在懷疑他自己並不適合爲人君，除了拱手將王位讓給他表弟外別無他途。也可以說，瑞查就這麼放棄了：

Our lands, our lives, and all, are Bolingbroke's,
And nothing can we call our own but death...
Go to Flint Castle, there I'll pine away. （3, 2, 151-152, 209）

我的土地，我的性命，全都是
柏靈布如克的了，除了死之外，
沒有甚麼可以說是我自己的……
到弗林特城堡，默默地、

消沉地、憔悴以終。

在這些時刻，瑞查的內心世界只能從他充滿絕望無助之情的話語中去揣摩了。

上述分析之後，對約克公爵的問題仍尚待檢討。從效忠瑞查到轉投向柏靈布如克這段過程，他如何調整自己對君權神授說的信念，或該問約克公爵可曾有過內心掙扎？莎士比亞是否給我們足夠線索來評估這位王叔的角色？

第一幕對約克公爵的出場並未特別指明；從他在宮中的地位來看，該幕第一場的舞臺指示即清楚的暗示他的出現：「瑞查王率侍從等；剛特及其他貴族等上。」第三場的第二條舞臺指示則寫道：「鳴號角，瑞查王與眾貴族上。」

正因莎士比亞安排約克在第一幕中從頭到尾「緘默不語」，在次一幕初，約克開口說的話應具特別重要的意義。他告訴垂死的剛特：

Vex not yourself, nor strive not with your breath;
For all in vain comes counsel to his ear. (2,1,3-4)

不必煩惱，不要浪費口舌，

國王是聽不進任何忠告的。

國王的聖聽 "is stopp'd with other flattering sounds"（2, 1, 17）（是被阿諛的聲音阻塞了），因爲他只愛聽那些 "Lascivious metres"（2, 1, 19）（靡靡之樂）和 "Report of fashions in Italy"（2, 1, 21）（義大利的時髦玩意兒的報導）。約克、剛特和其他大臣的重大奏疏未能得到國王重視，多年來進諫無效。剛特用來描述瑞查王心智完全受蒙蔽的話是

A thousand flatterers sit within thy crown.（2, 1, 100）

上千的諂媚之徒羣集在你王冠之內。

其實第二幕第一場剛特的五十三行臺詞都是對瑞查的諷刺和責難，曾一度被瑞查打斷。剛特說完時，已耗盡力氣，被擡出場。不一會兒，諾森伯倫卽上場報告他的死訊。瑞查下詔將剛特所有田產及錢財沒收充公，約克立刻嚴詞質疑無效而離去。

同場，國王和隨從下，洛斯、魏洛貝、諾森伯倫便談到瑞查統治下的英國遠景堪虞，他們個人也前途無望，並宣稱：

The King is not himself, but basely led By flatterers (2, 1, 241-242)

國王已失掉了他的本性，
被一般諂佞之輩所玩弄——

完全呼應先前剛特和約克的看法。當赫弗德公爵率軍登陸英格蘭北部，給倫敦王室帶來危機，約克稱這該是國王 "try his friends that flatter'd him" (2, 2, 85)（考驗一下他的那一班諂媚他的朋友們的時候了）。連宮內的園丁也談論國王的揮霍無度，並指他的政策和生活方式爲蕪亂不治。如此不得民心、令人失望的國王，難免使「君權神授」的意義面臨嚴格考驗。

君權神授的觀念，首先在第一幕第二場提到。被謀殺的格勞斯特公爵遺孀乞求剛特爲她主持公道，因傳說格勞斯特猝死是出自瑞查王指使。格勞斯特公爵夫人堅稱，向瑞查下手有助於保障剛特自身安全。但這位老蘭卡斯特公爵卻斷然告訴他的寡嫂：

God's the quarrel—for God's substitute,

His deputy annointed in His sight,
Hath caus'd his death; the which if wrongfully,
Let heaven revenge, for I may never lift
An angry arm against His minister. (1, 2, 37-41)

這爭端該由上帝來解決；
置他於死地者乃上帝的代表，
在上帝面前接受塗油禮的
上帝代理人；如果死得寃枉，
讓上天爲他平反，我決不能
擧起憤怒的胳膊
對抗執行上天旨意的人。

沒有人有資格，沒有人可以，去動國王一毫一髮。即使他犯大錯，要復仇也是上帝的事。一國之君爲神意所選派，因此他受上帝庇護 "There's such divinity doth hedge a king That treason can but peep to what it would, Acts little of his will. [4] (一個國

王是有神祇維護的，叛逆者只能窺伺非分，無從實行他的野心）。《漢姆雷特》一劇中的國王克勞狄士，在葛楚德王后拉住衝進宮內的雷兒狄斯以保護國王免遭來尋仇的雷兒狄斯傷害時，就是這樣說的。克勞狄士既是前王的凶手又是篡位者，即使說話當時充滿反諷意味，但他的言詞仍然說明「君權神授」之理念深固人心。

本劇中，許多關於君權神授的言論的反覆陳述，來自瑞查本人。他從愛爾蘭返英後，臣子們還未及向他稟報國內局勢惡化和動亂情形，也尚未與赫弗德公爵伯靈布如克交鋒，瑞查王就在威爾斯沿海登陸不久，向手下訓道：

Not all the waters in the rough rude sea
Can wash the balm off from an anointed king;
The breath of worldly men cannot depose
The deputy elected by the Lord;
For every man that Bolingbroke hath press'd
To lift shrewd steel against our golden crown,
God for his Richard hath in heavenly pay

A glorious angel; then, if angels fight,
Weak men must fall, for heaven still guard the right. (3, 2, 54-62)

滔天怒海所有的水，洗不掉
眞命天子身上的聖油；凡人的
唇舌廢黜不了上帝選派的代表；
每一個被伯靈布如克徵用的士兵
向我的金冠揮動利刄時，上帝就
派一個聖用的光耀的天使迎擊他；
有天使迎戰，凡人必定潰敗，
上天永遠保衞理直的一面。

在次一場，諾森伯倫以柏靈布如克的特使身分前來，瑞查對他提出警告：

If we be not [the lawful king], show us the hand of God
That hath dismiss'd us from our stewardship;

For well we know no hand of blood and bone
Can gripe the sacred handle of our scepter,
Unless he do profane, steal, or usurp. (3, 3, 77-81)

... my master, God omnipotent,
Is mustering in his clouds, on our behalf,
Armies of pestilence, and they shall strike
Your children yet unborn, and unbegot,
That lift your vassal hands against my head,
And threat the glory of my precious crown.
Tell Bolingbroke...
That every stride he makes upon my land
Is dangerous treason. (3, 3, 85-93)

如果你不認爲我是合法君主，

舉出上帝把我除名的憑證；
因爲我很明白，任何血肉之手
都不能握這神聖的御仗，除非
瀆褻偷竊篡奪。

我的主人，萬能的上帝，正在
雲端爲我徵集疫癘的大軍；如果
你們膽敢舉起你們這些奴才之手
威脅我的王位，那疫癘就會打擊
你們的子子孫孫。

去告訴伯靈布如克，
他在我的土地上所走的每一步
都是大逆不道，罪不可赦。

可是「君權神授」之說，上天護衛君王之申論，未能拯救瑞查，也未被臣子們十分當眞。卽使是不顧死活拒絕承認柏靈布如克爲道統的卡賴爾主教，也力勸瑞查王必先自助而後天助之：

The means that heaven yields must be imbrac'd
And not neglected; else, heaven would
And we will not; heavens offer, we refuse
The profered means of succour and redress. (3, 2, 29-32)

上天給的資產和方法，不得忽略，
必須接受，否則就是違背天意；
天意如此，而我們不顧悉力以赴，
那便是我們拒受上天所賜的救助。

於此，我們必須瞭解約克公爵面對君主瑞查的心態。

如先前所說，約克老早認爲瑞查王從不肯虛心納諫。他不但不再提出任何忠言，還勸剛

特不必枉費唇舌。約克發現自己無法阻止剛特大放厥詞，只能要他老哥

deal mildly with his [Richard's] youth,
For young hot colts being rein'd do rage the more. (2, 1, 69-70)

對付瑞查這年輕人要溫和一些，
因爲烈性的小駒被激怒起來，
會鬧得更凶。

但剛特仍獻上強烈諫言（簡直是一番叱責），瑞查盛怒之下罵他是「瘋狂愚蠢的傻瓜蛋」，約克在剛特離場後立刻請求國王別把剛特的話當眞：

I do beseech your Majesty, impute his words
To wayward sickliness and age in him;
He loves you, on my life, and holds you dear,
As Harry Duke of Herford, were he here. (2, 1, 141-144)

懇求陛下把他的話歸罪於
他的老病交加；我以性命擔保，
他愛你，他重視你，像
赫弗德公爵一樣，如果他在這裏。

瑞查的回應既諷刺又不屑：「對，你說的對，他愛我就像赫弗德愛我一般；他們怎樣對我，我怎樣對他們；一切任其自然。」瑞查的反諷在約克公爵心上，恐怕未起作用，因爲他對瑞查的個人忠誠實在是路人皆知。他與國王之間的關係，其基本原則可用「耐心」二字以蔽之。但不久後，當國王決定沒收剛特名下所有的「銀器，錢幣，收入，及一切動產」來籌措遠征愛爾蘭的軍費，約克的「耐心」消失了。

約克爲臣的職責是服從國王旨意，但正義感告訴他：剝奪蘭卡斯特一家的田地和動產是說不過去的，是不對的。"How long shall I be patient?"（2, 1, 163）（要我忍耐多久？）約克終於爆發起來！

接下去的二十多行臺詞（原文 2, 1, 163-185），約克細數自己默默蒙受之辱，瑞查之父的輝煌成就，並直陳自己替瑞查感到悲傷。但這番理直氣壯和異常感性的話，瑞查似乎並未聽進耳中，約克的怒氣使瑞查完全感到意外。瑞查說：「唉，叔父，這是怎麼回事呀？」很可能約克叔叔從未用這種語氣和態度跟他說話，他不能相信自己的耳朵——瑞查根本無法把約克叔叔當一回事。

再下來的二十餘行，約克顯然不理會國王的訝異反應，繼續指出幾件大事：

... O my liege,
Pardon me, if you please; if not, I pleas'd
Not to be pardoned, am content withal.
Seek you to seize and gripe into your hands
The royalties and rights of banish'd Herford?
Is not Gaunt dead? and doth not Herford live?
Was not Gaunt just? and is not Harry true?
Did not the one deserve to have an heir?
Is not his heir a well-deserving son?
Take Herford's rights away, and take from time

His charters, and his customary rights;
Let not to-morrow then ensue to-day:
Be not thyself. For how art thou a king
But by fair sequence and succession?
Now afore God—God forbid I say true!—
If you do wrongfully seize Herford's rights,
Call in the letters patents that he hath
By his attorneys-general to sue
His livery, and deny his off'red homage,
You pluck a thousand dangers on your head,
You lose a thousand well-disposed hearts,
And prick my tender patience to those thoughts
Which honour and allegiance cannot think. (2, 1, 186-208)

啊！我的主上。饒恕我，如果你
願意；否則，我本不想被饒恕，

情願就這樣子。你想把被放逐的赫弗德的王族特權與一般權益都予以沒收並據爲己有麼？剛特不是才死，而赫弗德不是還活著麼？剛特不是一生公正，而海瑞不是秉性忠誠麼？難道剛特不該有個後嗣，難道他的後嗣不是個夠標準的兒子？剝奪赫弗德的權利，你等於剝奪了「時間」給他的相沿成俗的權利；那麼有了今天就沒有了明天；你也不會再是你自己；因爲不靠合法繼承，你如何能是國王呢？現在，當著上帝的面，——願上帝不准我不幸而言中！——如果你眞是用不法手段沒收赫弗德的權益，吊銷他指派的代理人就沒入其產權證書，拒絕接受他的效忠的請求，那你就要在你的頭上招惹出千種危險，失去千顆忠誠的人心，而且要刺激我的耐心使它不能不起忠順之心所不敢想像的念頭。

簡言之，約克對瑞查指出：第一，剛特雖死，他還有兒子赫弗德公爵柏靈布如克（亦即Harry 海瑞）應繼承其遺產；第二，當年瑞查成王是靠了「合法繼承」，因此柏靈布如克應承襲蘭卡斯特公爵名號，並繼承其名下的所有財產；第三，不該剝奪柏靈布如克的合法權益，否則後遺症會嚴重得不堪設想。

如果先前瑞查沒聽懂約克叔叔的忠告，這回他可是聽了，但聽不進去。瑞查竟對這位又悲傷又痛心的老臣說："Think what you will, we seize into our hands His plate, his goods, his money and his lands."（隨你怎樣去想，我要沒收他的銀器，他的財產，他的現金，和他的土地。）約克聽了拂袖而去。

約克走後，國王立刻下詔扣押剛特的財物。儘管約克疾言厲色反對瑞查王剝奪柏靈布如克的繼承權，國王仍封他爲「英格蘭的總理大臣」，在國王出宮時期代行視事。有約克出言不遜在先，國王仍迅速作出這樣重大的決定賦予重任，可見約克的忠貞深獲主上信任；國王對他先前的冒失並不放在心上，反而認爲約克叔叔「爲人公正，一向很愛戴我」。

接下來的第二幕第二場，證實了約克既忠心爲國，卻又孤立無助。平時竟日陪侍瑞查王的三個寵臣卜希、白格特、格林都沒有隨國王出征愛爾蘭。格林上，向皇后和來探望皇后的卜希及白格特報告：「被放逐的柏靈布如克把他自己召回國了，高舉著刀劍安抵雷文斯城堡……諾森伯侖，他的兒子年輕的亨利波西，洛斯，鮑蒙，和魏洛貝，帶著他們所有的強大的朋友，都逃向他去了。」烏斯特伯爵和宮內人員也已變節投敵。

約克上，他顯然也已得知此一噩耗。他對皇后說：

Comfort's in heaven, and we are on earth,
Where nothing lives but crosses, cares, and grief.
Your husband, he is gone to save far off,

Whilst others come to make him lose at home.
Here am I left to underprop his land,
Who weak with age cannot support myself;...
The nobles they are fled, the commons cold,
And will, I fear, revolt on Herford's side. (2, 2, 78-83, 88-89)

安慰是在天堂裏，我們在塵世，
塵世間只有煩惱、悲哀、憂傷。
你的丈夫到遙遠地方去保衛國土，
別人卻來國內使他受到損失，
留我在此支撐大局，其實我年老
體衰，自顧不暇……貴族都已
逃走，平民態度冷淡，恐怕都會
叛變，投到赫弗德那邊去。

約克吩咐僕人去見寡嫂格勞斯特公爵夫人，叫她送一千鎊給他，此時他的孤立無助的境遇完全表露無遺。為了幫助瑞查王，約克竟向深恨瑞查的寡嫂求援，這除了證明他的無助，更顯出他的愚昧或無知。從整個戲劇情節看來，這也暗示了國庫空虛和約克心裏有數。

差人當卽稟報：公爵夫人已亡故。約克慨嘆他自己無能為力，但願當年和大哥格勞斯特一樣死了也就算了。一時情急，約克就命僕人回家去找些盔甲用車子送來，並叫卜希、白格特和格林去徵募兵丁（不一會兒，他們三人卻分頭逃命去也，見原文第二幕第二場一二二至一四〇行）。當時約克正是進退兩難：

> ... Both are my kinsmen:
> Th' one is my sovereign, whom both my oath
> And duty bids defend; th' other again
> Is my kinsman, whom the king hath wrong'd,
> Whom conscience and my kindred bids to right. (2, 2, 111-115)

兩個都是我的家人：一個是我的
君主，我的誓約和職責都要我衛
護他；另一個也是我的親人，國王委

曲了他，良心與親誼都要我爲他申寃。

儘管進退維谷，兼之先前向國王抗議過霸佔柏靈布如克家產之事，約克公爵以英格蘭總理大臣身分，還是下了註定無望的決定：「好，我總得想個甚麼辦法。」他離場時說的話更顯得絕望：「大事不妙，每一樁事都是亂七八糟。」

情節發展至此，噩運頻頻扣門，振奮人心的消息卻遲遲不來。約克雖知無能爲力，仍試圖力挽狂瀾。當柏靈布如克與約克面對面相遇時，約克仍能以言語爲刀劍來對付和責備柏靈布如克。當柏靈布如克以跪姿相迎，叫了約克一聲「我高貴的叔父」之後，約克對他說：「我不是叛徒的叔父……聖王不在這裏，你就來了？哼，傻孩子，國王人走權在，我在忠誠的代他執行權力。」約克並對諾森伯侖、洛斯、魏洛貝和其他柏靈布如克的同黨說：

I have had feeling of my cousin's wrongs,
And labour'd all I could to do him right.
But in this kind to come, in braving arms,
Be his own carver, and cut out his way,

To find out right with wrong—it may not be
And you that do abet him in this kind
Cherish rebellion, and are rebels all. (2, 3, 140-146)

我的姪兒所受的寃屈我不是不知道，而且我也曾盡全力爲他爭取公道。不過像這個樣子的其勢洶洶的擧兵前來，自作主張，自闢捷徑，以非法手段謀取合法權益，那是不可以的；你們慫恿他這樣做，等於是支持叛變，全都成了叛徒。

即使柏靈布如克在情理上有正當立場，他的行爲和作法都已經嚴重枉法。即使起義人士堅稱目的只在爭回蘭卡斯特家產和蘭卡斯特公爵名號，約克指謫他們爲亂黨，倒也無可厚非。

然而柏靈布如克勢力龐大，又有眾多貴族站在他一邊，相形之下約克勢單力薄，在道義上又不得人心，約克公爵體會到大勢已去，法理之辯皆爲空言，遂改口聲明自己保持「中立」。約克身負英格蘭總理大臣職責，剛才還宣稱耿耿胸懷中對瑞查王一片赤誠，「中立」之說既荒謬又站不住腳：

Well, well, I see the issue of these arms.
I cannot mend it, I must needs confess,
Because my power is weak and all ill left.
But if I could, by Him that gave me life,
I would attach you all, and make you stoop
Unto the sovereign mercy of the king;
But since I cannot, be it known unto you,
I do remain as neuter. (2, 3, 151-158)

好，好，我已看出這場動武的後果。我必須承認，我無法亡羊補牢，因為我兵力薄弱，裝備不足；
不過如果我能，我憑著賜我生命
的上帝來起誓，我要把你們統統
逮捕，使你們在國王面前匍匐討
饒；我既然不能，我要讓你們明
白知道我守中立。

好像約克公爵以為他的「中立」宣言已化解了這件紛爭大事，他竟隨後邀請柏靈布如克及陪他一起來的王公貴族「進入城堡，今夜在此安歇」。此刻的約克似乎不願煩心思考眼前的亂局，他竟說：

Nor friends, nor foes, to me welcome you are.
Things past redress are now with me past care.

你們既非朋友，亦非敵人，
我歡迎你們；對於無法

挽救的事，我現在也不必去擔心了。

第三幕第一場，柏靈布如克指控被捕的卜希和格林欺君瞞上，破壞國王與皇后之關係，並多方傷害柏靈布如克等等罪過，旋卽將瑞查這兩個親信「處以死刑」。約克公爵在這場戲裏，只在場而沒說一句話，直到柏靈布如克處理了卜希和格林一案之後對約克說希望代他向皇后轉達問候之意，約克就立刻報告：「我已派專人前去，帶了一封敍述你對她表示敬愛的信」。這一點細節透露了約克的心態有了改變，隨時聽從新盟主使喚，甚至能用心臆測到柏靈布如克心裏要想做甚麼。諷刺的是不久之前（跨越第二幕到第三幕之間的七十七行臺詞之前）約克還在厲言指控柏靈布如克叛國❺。

上述那一點細節也顯示約克剛宣布中立不久，卽悄悄投向柏靈布如克一方，做法如出一轍。雖然他在第三幕第三場中，指謫諾森伯侖不稱「瑞查王」而直呼「瑞查」之不敬，雖然他警告柏靈布如克「好侄兒，你也不要過分的僭越，否則你會忘記我們的頭上還有蒼天」，雖然他看到弗林特城堡的城牆上的瑞查王仍雙目炯炯、威態懾人，但約克終究體認到瑞查爲王已時不他予，遂悲嘆道：「哎呀！哎呀！多麼悲慘，竟會有災難毀傷這樣美好的儀容！」皇軍逃光了，如今只剩一張國王的「龍顏」來撐場面。若說約克先前對柏靈布如克宣稱中立只是虛與委蛇，如今由不得他不看清楚：未來是操在剛特的兒子手中。因此在這場戲的後半部，當瑞查一再重申自己是眞命天子，警告柏靈布如克「大逆不道」將有嚴重後果，約克只靜靜聆聽，不發一語。

諾森伯侖代表柏靈布如克向國王轉達其有限度的要求，並願意繼續效忠朝廷，瑞查在此刻卻突然讓步，並對周圍的臣子滔滔不絕地預言自己遜位和敗亡（原文第三幕第三場一二二至一二四行，一四三至一七〇行），而約克仍緘口不言。

應柏靈布如克之要求，瑞查王從城牆上走到下面的庭院裏，面對面說話。瑞查對柏靈布如克說：

> Your own is yours, and I am yours, all...
> They well deserve to have
> That know the strong'st and surest way to get. (3, 3, 197, 200-201)
>
> 你所應得的是你的了，我也是
> 你的了，一切都是……
> 知道如何用最強硬最穩妥的手段

> 去攫取一件東西的人，就有資格
> 得到那件東西。

約克聽瑞查說這種話的時刻，自己有話也說不出來了，只在一旁默默揮淚。他身爲英格蘭總理大臣，又是國王的老臣，國王的叔叔，卻面臨變局無力回天；而且一國之君清清楚楚地直接對柏靈布如克說出如下的話，他又能怎樣辦呢？

> What you will have, I'll give, and willing too,
> For do we must what force will have us do. (3, 3, 206-207)
>
> 你想要的，我都給，而且心甘情
> 願；因爲迫於形勢，必須這麼做。

這兩句話比甚麼都更能表現出瑞查王放棄一搏的意願和決定，老淚縱橫的約克公爵聽到此語，天下大勢已了然於胸，下一步棋也有了譜。短短兩句話不只透露出國王決定拱手將天下讓給柏靈布如克，還有一切皆出自心甘情願，同時大敵當前不得不如此，這點也是當初約克保持「中立」時的體認。

這也是第四幕第一場約克被委任向瑞查作說客的原因。原文第一〇六行後，約克上，他對柏靈布如克說：

Great Duke of Lancaster, I come to thee
From plume-pluck'd Richard, who with willing soul
Adopts thee heir, and his high sceptre yields
To the possession of thy royal hand.
Ascend his throne, descending now from him,
And long live Henry, fourth of that name! (4, 1, 107-112)

偉大的蘭卡斯特公爵，我是銳氣
挫盡的瑞查派來見你的，他心甘
情願讓你繼位，把他的至尊的
權杖交給你，由你執掌。你現在
既是他的繼承人，請登上寶座，

亨利萬歲！亨利四世萬歲！

柏靈布如克立即宣布（也是莎士比亞安排他第一次用語言道出這項意圖：“In God's name, I'll ascend the regal throne.”（4, 1, 113）（遵照上帝的意旨，我要登上王位）。約克的回答：“I will be his conduct.”（4, 1, 157）（我去引導他過來）顯示約克急切想完成此事，去把瑞查帶到議會，照柏靈布如克旨意「使他當眾宣布讓位；我們就可以進行下去，不致引起猜疑。」

原文第四幕第一場第一六二行後，約克偕同瑞查上。瑞查說了一些驕縱、諷刺、自憐、自嘲的話之後，問道：「我奉召來此做甚麼？」約克的回答一針見血：

To do that office of thine own good will
Which tired majesty did make thee offer:
The resignation of thy state and crown
To Henry Bolingbroke.

一件你自願做的事，就是你因

> 厭倦王位而提出的建議：把
> 王權皇冠讓給亨利柏靈布如克。

瑞查問來此何事，似顯多餘，但莎士比亞藉此強調約克公爵被指派的任務的性質，他顯然代表議員多數成員的意願以及大部分貴族的意見，即瑞查遜位亨利封王是大勢所趨，而約克的臺詞正總括了莎士比亞對當時全國局勢的評析。至少目前來說，全國皆偃伏於新興的強權之下，接受不可避免的形勢，儘管「君權神授」之說曾風行一時。筆者的看法是：不論從政治方面看或從本劇情節上的安排來看，約克公爵的角色本質實暗蘊全劇主題。

約克的另一句臺詞更突顯「槍桿子出政權」的必然性。第五幕第二場，約克向妻子描述瑞查遊倫敦大街示眾時，如何受百姓羞辱，如何悲傷和難堪；與瑞查的慘狀相對的是凱旋歸來的柏靈布如克如何受歡迎。約克斷言：

> . . . heaven hath a hand in these events,
> To whose high will we bound our calm contents.
> To Bolingbroke are we sworn subjects now,

Whose state and honour I for aye allow. (5, 2, 37–40)

這些事情，上天有份，我們對
上天的意旨要心悅誠服。現在對
柏靈布如克，我們已宣誓效忠，
他的身分和榮譽，我永遠擁護。

這一段話反映出約克將政權嬗遞視爲上天旨意，不容輕率的加以質疑。好像爲了測試約克對新王的忠心，莎士比亞安排約克不久發現其子歐默爾涉及一樁意圖暗殺新王的陰謀，以及他當機立斷向亨利四世告發，不顧大義滅親的風險。

如上所提的戲劇化的安排（除了製造後面一段戲的半喜劇效果：參閱原文第五幕第三場第三五行下之舞臺指示至一三四行）與本劇主題的相關性可從兩方面來說：第一，圍繞瑞查王的「君權神授說」被事實的發展所推翻（雖然還有其後的薔薇戰爭的影響），高效率而公正的柏靈布如克與腐敗無能的王室正朔相比，前者被公認爲比後者強多了。第二，在約克心中，瑞查既已正式退位，那麼在議會「眾目睽睽」之下合法受封爲亨利四世的柏靈布如克，「君權神授說」也同樣適用。

最後要探討的是，新王在全劇結束之前不久，對約克說的四行臺詞：

Kind uncle York, the latest news we hear,
Is that the rebels have consum'd with fire
Our town of Cicester in Gloucestershire,
But whether they be taken or slain we hear not. (5, 6, 1-4)

和藹的約克叔叔，我最近的消息
是叛徒們已經火燒了格勞斯特郡
的席席特鎮；不過他們是否被捕
或被害，我還沒聽說。

這段話值得注意的是，隨柏靈布如克登場的貴族中（見原文第五幕第六場，全劇最後一場戲），只有約克被點到，所以約克的反應應該很重要，但在莎士比亞的刻意安排下，此刻亨利四世見諾森伯侖上，就問他有無新消息，反使約克在旁邊一時無話可說。諾森伯侖和隨後登場的費茲華特爵士都是來向亨利四世報告叛變或暗殺計畫的一些首腦人物被捕斬首的消息。莎士比亞顯然藉此表示亨利四世登基之初，抗王活動相當頻繁，其政權合法性似尚未被四方認可。在反對人士眼中，柏靈布如克封王可說是篡位，並非正統。

約克身爲柏靈布如克支持者，對這些憂患紛擾又有何看法呢？在亨利即位之初爆發牛津案時，約克對新王耿耿忠心堅如磐石，甚至準備隨時犧牲親生兒子而在所不惜，已如前述。對稍後來報之叛亂消息，莎士比亞並未安排約克發言，這是否暗示約克無言以對，或根本不知說甚麼好？約克在先前面臨動亂、無法擺平時所說的話，似仍淸晰可聞：「我必須承認，我無法亡羊補牢……我要讓你們明白知道我守中立」。

無論如何，莎士比亞安排亨利對約克講這四行臺詞，似乎暗示前者是回答後者在兩人登場前提出的問題，然而這依然未能解釋約克爲何沒有回應。綜觀全劇結構，柏靈布如克在約克支持下登基後，我們在討論第五幕第六場開場這幾句「對白」的戲劇用意時，其實也許兜了一大圈又回到原點。或許可以解釋說，作者在最後一場戲裏讓約克保持緘默，就是要突顯這位老臣和長輩已無力再貢獻任何建言——他先辜負了舊王，如今也不太可能對新王有用處。在他們那個時代，一個君權神授說的擁護者對國家社會提供實質的幫助已經很有限，君主本身的性格和才能乃治國關鍵。

注釋

❶ 本文原用英文寫成，題爲 “The Thematic Character of the Duke of York in *Richard II*”，發表於臺大外文系 *Studies in Language and Literature*, No. 2, 1986. 爲響應「研究外國文學本土化運動」，特譯改成中文，發表於《中外文學》二十一卷八期。譯文初稿承彭鏡禧教授推薦鄭其倫君完成，應在此深表感謝。

❷ 引用《瑞查二世》原文之本文，採 Peter Ure 所編之阿頓版，一九六一。中譯採梁實秋中譯本，但字句及人名、地名時或略有變動。

❸ 可參閱下列著作：

Irving Ribner, “The Political Problem in Shakespeare’s Lancastrian Tatralogy”, *Studies in Philology*, 49 ,1952, pp. 171-184.

Brents Stirling, “Up Cousin, Up: Your Heart Is Up, I Know”, *Unity in Shakespearean Tragedy*, 1956, pp. 37-39.

Peter Ure, “Introduction to *Richard II*”, the New Arden Edition of *Richard II*. (1956)

Derek Traversi, “*Richard II*”, *An Approach to Shakespeare* (1969).

Paul M. Cubeta, “Introduction” to *The Twentieth Century Interpretations of Richard*

II (1971).

H. M. Richmond, *Shakespeare's Political Plays* (1977).

❹ 見《漢姆雷特》第四幕第五場一二三至一二五行，引用 Harold Jenkins, ed., *Hamlet*, 阿頓版，一九八二。

❺ 這種戲劇進行中的時間與日常生活時間感的差異，下文有很清楚的說明：M. R. Ridley's Introduction to the New Arden Edition of *Othello*, 1958, pp. lxvii–lxx.

後記

一九九〇年二月，二十多位中青兩代學生出版《美國文學・比較文學・莎士比亞》論文集以慶祝我七十歲生日，在書林公司的新書發表酒會上，我除了對他們的盛意特別感謝和學術上的貢獻特別致敬外，也對自己最近十幾年來未能出書表示慚愧。寫一本完整的書，對我來說，恐怕已時不我予，不過我一定努力整理幾篇論文，出一專集，以償宿願，並答謝大家對我的熱愛、支持和期望。《愛情・仇恨・政治》這本莎劇文集就是兌現的支票，我謙虛的請大家驗證。

八篇中的四篇原用英文寫成，譯為中文的過程中得到年輕朋友不少的幫助，也該在此致謝。英文論文譯改時，中文論文整理時，我都考慮文句的自然順暢，也儘可能刪除不必要的「學術化」，因為我原來就希望莎士比亞戲劇能吸引不同的讀者羣。

謝謝胡耀恒先生為本書寫序。

朱立民

賢妻紫蘭多年來愛護我、照顧我，對我「灑脫中常常執拗」（朱炎語）的忍氣吞聲，我只能來世報答。謹以此書獻給她。

一九九三・四・二十六

三民叢刊書目

1. 邁向已開發國家　孫　震著
2. 經濟發展啟示錄　于宗先著
3. 中國文學講話　王更生著
4. 紅樓夢新解　潘重規著
5. 紅樓夢新辨　潘重規著
6. 自由與權威　周陽山著
7. 勇往直前　石永貴著
8. 細微的一炷香　劉紹銘著
9. 文與情　琦　君著
10. 在我們的時代　周志文著
11. 中央社的故事（上）　周培敬著
12. 中央社的故事（下）　周培敬著
13. 梭羅與中國　陳長房著
14. 時代邊緣之聲　龔鵬程著
15. 紅學六十年　潘重規著
16. 解咒與立法　勞思光著
17. 對不起，借過一下　水　晶著
18. 解體分裂的年代　楊　渡著
19. 德國在那裏？（政治、經濟）　郭恆鈺、許琳菲等著
20. 德國在那裏？（文化、統一）　郭恆鈺、許琳菲等著
21. 浮生九四　蘇雪林著
22. 海天集　莊信正著
23. 日本式心靈　李永熾著
24. 臺灣文學風貌　李瑞騰著
25. 干儛集　黃翰荻著
26. 作家與作品　謝冰瑩著
27. 冰瑩書信　謝冰瑩著
28. 冰瑩遊記　謝冰瑩著
29. 冰瑩憶往　謝冰瑩著
30. 冰瑩懷舊　謝冰瑩著
31. 與世界文壇對話　鄭樹森著
32. 捉狂下的興嘆　南方朔著

三民叢刊33

猶記風吹水上鱗

余英時 著

本書以紀念錢賓四先生的文字爲主，賓四先生爲一代通儒，畢生著作無不以重發中華文化之幽光爲志。透過作者的描述，我們不僅能對賓四先生之志節與學術有深入的認識，並對民國以來學術史之發展有一概念。

三民叢刊34

形象與言語

李明明 著

藝術是以形象代替作者的言語，而在形象與言語之外，仍還有其他種種相關的問題。本書作者從藝術與時代、形式與風格、藝術與前衛、藝術與文化五個方面剖析西方現代藝術，使讀者能對藝術品本身及其相關論題有一完整的認識。

三民叢刊35

紅學論集

潘重規 著

本書爲「紅學論集」的第四本。作者向來主張《紅樓夢》一書爲發揚民族大義之書，數十年來與各方學者論辯，更堅定其主張。本書爲作者歷年來關於紅學討論文字的總結之作，也是精華之所在。

三民叢刊36

憂鬱與狂熱

孫瑋芒 著

輕狂的年少，懷憂的中年，從鄉下的眷村到大都會的臺北，從愛情到知識，作者以詩意的筆調、鋪陳豐饒的意象，表現生命進程中的憂鬱與狂熱。以純藝術表現出發，而兼及反應社會脈動，不但樹立了獨特的個人風格，也爲散文藝術開拓了新境界。

三民叢刊37
黃昏過客
沙究　著

「爲樸素心靈尋找一些普通相的句子」沙究在獲得時報短篇小說推薦獎時曾對他的寫作有如是的感言，他的作品就是最好的實踐。本書將帶領您從浮生衆相中探索人類心靈的面貌。

三民叢刊38
帶詩蹺課去
徐望雲　著

我們都或多或少的讀過現代詩，但對現代詩的了解卻很少，於是許多譁衆取寵的文字便假借現代詩的名義出現，讓「詩人」成爲一種笑話。本書以輕鬆的筆調、嚴肅的心情，引導讀者更接近、更了解現代詩。

三民叢刊39
走出銅像國
龔鵬程　著

「有筆有書有肝膽，亦狂亦俠亦溫文」，身處時代之中的讀書人，傾聽時代之聲，即使漠然獨立，又豈眞無關切奮激之情？看龔鵬程如何以慷慨纏綿之筆，爲當今的社會文化現象把脈，提出處斷的良方。

三民叢刊40
伴我半世紀的那把琴
鄧昌國　著

本書爲作者歷年來對工作及生活的感懷之作。作者以深厚的音樂素養和經歷，娓娓細訴生命中的點點滴滴。一把琴，陪伴走過半世紀的歲月滄桑，樂音寄託壯志，也撫平了激越胸懷。

三民叢刊41
深層思考與思考深層
劉必榮 著

本書收錄作者過去三年多在中國時報所發表的社論、專欄，以及國際現場採訪報導。不僅是世紀末的歷史見證，也代表了臺灣新一代知識分子，對國際局勢的某種思考與詮釋。

三民叢刊42
瞬間
周志文 著

在本書蒐集的短論中，作者以敏銳的觀察來分析這個急遽變化的世界，試圖找尋一些既存於人類心靈的永恒價值，這些價值並不因現象世界的崩解而全然消失，反而藉著不斷的試煉、考驗而更具體地存在。

三民叢刊43
兩岸迷宮遊戲
楊渡 著

本書收錄作者對兩岸關係一系列的分析報導。作者以新聞記者敏銳的觀察力，探索臺灣命運與前途，並試圖帶領大家由「統獨」「兩岸關係」的迷宮中走出來。

三民叢刊44
德國問題與歐洲秩序
彭滂沱 著

近一世紀來，德國的興衰分合不僅影響了歐洲的政治秩序，也牽動了整個世局。本書以「德國問題」的本質爲經，以歐洲秩序的變化爲緯，探索一八七一年至一九九一年間德國與歐洲安全體系的關係。

三民叢刊45
文學關懷
李瑞騰 著

本書作者長期關懷文學的存在現象與發展趨向，十年來除學術性論述以外，更不時以短文形式直指文學現實。其所爲文，或論本質、或析現象、或記實踐，上下古今，縱橫馳騁。作者筆意凝練，文風篤實，本書六十幾篇短文皆有可觀者。

三民叢刊46
未能忘情
劉紹銘 著

充實的人生，不必帶有什麼英雄色彩或建立什麼豐功偉績。如果我們遇到難以忘情的機緣時，能夠認識其滋潤生命的價值，人生就不會白活。本書作者即以此爲觀點，記錄人生種種未能忘情的機緣巧遇，文字流暢而富感情，讀來著實令人著迷。

三民叢刊47
發展路上艱難多
孫震 著

本書回顧了過去五、六年間臺灣經歷的經濟、政治、社會等種種變局。作者衷心期望臺灣在經濟發展、社會富有之後，能建立一個富而好禮的社會，而不是熱中私利、踐踏他人尊嚴的貪婪社會。

三民叢刊48
胡適叢論
周質平 著

本書是作者最近三年來有關胡適研究的論文集。文中以胡適爲中心，對五四以來科學與民主思潮的內涵進行分析；對整理國故、民主與獨裁等論爭加以探討；並將胡適與馮友蘭、趙元任、魯迅做比較研究。期能爲研究胡適的學者提供一些方便。

三民叢刊49
水與水神
王孝廉　著

從泰國北部的森林到雲貴高原的村落……從漢民族到少數民族，從神話傳說到民俗信仰……行萬里路固然是爲了好玩和興趣，也爲了保存民族文化的精髓。本書爲作者近年來關於中國民族和人文的文字總集，深情與關懷俱在其中，值得細細品嘗。

三民叢刊50
由英雄的人到人的泯滅
金恒杰　著

本世紀初法國作家筆下的人物還散發著英雄的氣味；存在主義興起，代之而起的是有一張惶惶然不可終日的面目的人；在近期新小說作家筆下，人的世界甚或被化約成物的世界。本書卽透過對各時期作家及其作品的評介，揭示人類心靈不斷探索的過程。

三民叢刊51
重商主義的窘境
賴建誠　著

本書收錄作者近幾年發表的非學術性文章，內容環繞著四個主題：評論當時臺灣經濟與學術界的問題；五篇分析式的書評；對兩位臺灣學術界人物的追憶，以及解說法國年鑑歷史學派兩位創始人的特殊關係；介紹法國學術界與文藝界的一些人與事。

三民叢刊52
中國文化與現代變遷
余英時　著

自十九世紀以來，中國遭受了千古未有之變局，在西潮的衝擊下，中國傳統文化有了那些變化？知識分子又如何肆應此一變局？作爲一個思想史學者，作者對這些問題展現了深刻的觀察和思索，彙集成爲本書。

三民叢刊53

橡溪雜拾

思　果　著

本書為作者近年來旅美讀書心得、生活觀感。作者人生經歷豐富，觀察入微，涉筆成趣，說理深入淺出。觀世的文章，卻沒有說教的味道，詼諧之文寫來沒有做作的痕跡。有美麗如詩的短文，也有談論科學知識的篇章。適合各階層讀者加以細讀品味。

三民叢刊54

統一後的德國

郭恒鈺　著

兩德統一不是西德用馬克吃掉東德，也不是聯邦德國版圖的擴大，而是兩個政經體制完全不同的國家及人民的重新整合。本書從這個角度出發，介紹統一後的德國在經濟、政治、法制、教育以及意識型態等多方面所遭遇到的諸多問題。

三民叢刊55

愛廬談文學

黃永武　著

本書以中國文學詩歌為主體，為維護中國文字的正體字而大聲疾呼；為光揚中國古典詩在現今美學中的價值而細心闡發；對於敦煌新發現的寫卷資料，也用淺顯筆法作應用的示範；對西洋星座起源的追索以及對「圖象批評」的分析，均極具啟發作用。

三民叢刊56

南十字星座

呂大明　著

人生是一段奔馳的旅程，生命的列車載著你、我向四野茫茫的時空飛奔……當你在生旅中奔馳，請為這本小書逗留片刻，書中有人間至情、生活的哲思、美的闡釋、文學盤古的足音，有清純如童謠般的吟唱，也有鐫心的異鄉情懷……。

三民叢刊57

重疊的足跡

韓秀 著

因為一份眞摯的愛，對文學，對那塊廣袤的土地，對那些親如手足的人；所以有了理解，有了同情，有了尊敬；那怕是擦身而過，也會留下痕跡，留下感觸。本書作者以親身經驗寫她和十多位作家的交往，為當代中國文學史添加幾頁註腳。

三民叢刊58

書鄉長短調

黃碧端 著

本書內容包括文學隨筆、新書短評、域外書介三部分。作者藉由理性的角度、感性的筆調，評論了近幾年來出版的一些小說，兼論及文學界的一些人與事，並對中文西譯的困難展現出相當程度的關懷。

三民叢刊59

愛情·仇恨·政治

朱立民 著

本書論及四部莎士比亞悲劇裡的各類問題：如朱麗葉的父親對悲劇發生的責任、奧賽羅黑皮膚的反諷、漢姆雷特內心的衝突、勞倫斯奧立弗如何改編莎劇及柴弗瑞里如何處理漢姆雷特的戀母情結等等。

三民叢書60

蝴蝶球傳奇

顏匯增 著

本書所力圖企及的絕非所謂的「魔幻寫實主義」，而是企圖尋找一個眞正屬於「紙上文字世界」的經驗。作者認為唯有從紙上經驗「本身」獲得眞實的感受，才能在諸般迥異於文字世界的世界中，洞見出眞正活生生的東西……

三民叢書61

文化啓示錄

南方朔　著

目前的臺灣正在走向加速的變革中，相應的是一切變革之後的「文化」改變卻明顯的落後太多。「文化」與現實的落差是作者近年鍥而不捨於「文化」問題的原因，本書則是提供讀者一個思考的空間。

國立中央圖書館出版品預行編目資料

愛情・仇恨・政治：漢姆雷特專論及
其他／朱立民著.--初版.--台北市:
三民，民82
面；　公分.--(三民叢刊;59)
ISBN 957-14-1995-8 (平裝)

873.43357　　　　82003967

著　者　朱立民
發行人　劉振强
著作財產權人　三民書局股份有限公司
印刷所　三民書局股份有限公司
地址／臺北市復興北路三八六號五樓
郵撥／〇〇〇九九九八——五號
初　版　中華民國八十二年七月
編　號　S 87009
基本定價　叁元叁角叁分
行政院新聞局登記證局版臺業字第〇二〇〇號

ISBN 957-14-1995-8 (平裝)